当下的你，最好的你

You Are The Best

杜昆阳 著

HAN BOOK 版 武汉出版社

（鄂）新登字08号

图书在版编目（CIP）数据

当下的你，最好的你 / 杜昆阳著. — 武汉：武汉出版社，2016.12

ISBN 978-7-5582-0603-0

Ⅰ. ①当… Ⅱ. ①杜… Ⅲ. ①散文集-中国-当代 Ⅳ. ①I267

中国版本图书馆CIP数据核字（2016）第206621号

上架建议：畅销·文学

著　　者：杜昆阳
责任编辑：刘　挥
出　　版：武汉出版社
社　　址：武汉市江汉区新华路490号　**邮　编**：430015
电　　话：（027）85606403　85600625
http：//www. whchs.com　E-mail：zbs@whchs.com
印　　刷：北京正合鼎业印刷技术有限公司
发　　行：北京天雪文化有限公司　**电　话**：（010）56015060
经　　销：新华书店
开　　本：880×1230mm　1/32
印　　张：7　**字　数**：180千字
版　　次：2017年1月第1版　2017年1月第1次印刷
定　　价：36.80元

序 关于我们最好的缘分

当下的你，最好的你

当我开始拾起这些记忆的时候，才发现时间悄无声息，却已呼啸而过。

不过这也让我在拖着重重的旅行箱与你相遇时，不至于两手空空。

于是，我决定，把一些想说的话，还未说的话，和你坐下来好好聊聊，也与自己进行一场走心的长谈。

这本书里，有故事，有随笔，也有一些碎碎念，拼凑在一起，却恰好是一张完整的记忆地图。

标记着年份，和一次次不会再有的心情。

透过它，你能清晰地看见我的每一处足迹，每一件心事，和每一次释怀。

虽不过如此，但一切尚好。

记得，有个比我大几岁的姑娘曾告诉我：“火车是永远不会等人的，但是火车还会回来。”

当时，我并不明白。

就像我也不明白她说的那句：“你应该把你喜欢的东西都放在旅行箱里，以便于需要。”

可这却让我在那时候开始学着记录当下，喜欢上这件事。

用文字表达情绪和想法。

直到有天我真的发现，火车就是不会掉头的，如同错过的人；旅行箱却很容易装得满满当当，如同你的心事。

后来那个姑娘在我的世界里消失不见，甚至没来得及告别。

我难过了几年，像满饮了一瓶青春的烈酒，不在于一时血脉贲张面红耳赤，而却在往后的很多个时刻里，慢慢地持续着后劲，发酵出不同的情绪。

我安慰自己，所有的离别，不过是带着回忆各自远航。

但我一直在写，一直在写，从未停下。

起初是为那个仍在祭奠着什么的自己，后来，就变成了我生活中很重要的一部分。

以至于当我想把它们梳理成册的时候，惊觉那些记忆已然堆叠了太多，如一座岛。

关于成长，过程中的坎坷总被多数过来人一笔带过，而深陷苦闷的你仍不知所措。其实那些伤痕一旦磨平，你终究会遇到最好的你。

只不过，这个“你”曾代表一个人，而现在代表着你的生活和一切。

也就是这些无人可说的话变成了若干个画面，让我更加确信了动笔“敲”出它们的必要，并努力地保持着往日的口吻。

这让我觉得亲切。

如果，你正读到这，那我应当先跟你问好。

可能是“认识你真好”，也或许是“好久不见”。

如果，当你合上它时，感悟出了什么道理，那绝非我本意，不过我要祝贺你。

如果，你正因当下而左右为难，过去和前路又让你手足无措，那也没关系。就暂且来这座岛上稍作休息，和岛上的那个如你一般的身影聊聊，也许再起航时，你可以带走一些让你欣喜的东西。

而关于更多你想要的因由，我是不会告诉你的。

因为当下的你就是你自己最好的答案啊。

就像这本书，这些文字，不能给你提供一个归宿。

但却能在暗夜里，为你提供一个没有风寒、远离喧嚣的归处。

这也是关于我们最好的缘分，对吗？

当下的你，最好的你

目录

目录

当下的你，最好的你

目录

/ 第一章 /

不怕错过 只怕辜负

匆匆而别，却如春风化雨

北京的这个时候，不算冷，风却很大，总是能吹得人无处躲藏。

印象里，长春也是这样，但不分春夏秋冬。

以至于，每每走在疾风中，我总是会想起你，想起那些在长春的日子。

高二那年，我跳了级，弃文学理，转学去了外地的一所私立高中。不得已，早早地变成了一个城市里的异乡人。

（一）

上了两层楼。水房旁边，金色的“205 寝”字样一目了然。

不大的房间里簇拥着八个分上下的床位。

我把行李箱塞进床底，然后望着窗外父母的背影。

终于肯接受，自己已经身在他乡，并且成了高考生的这个事实。

寝室里只有朗哥一人。他和我聊了很多关于城市和学校的事情，人很实在。

朗哥是本地人，又复读了一年。所以，对这里无所不知。

一番收拾后，我们一起出去吃了晚饭。

天色暗寂，风声不绝。饭也吃完有一会儿了，但朗哥坐在我对面，还在以“前辈”的身份苦苦叮嘱。而折腾了一天的我早已陷入了疲倦的状态，看着他，脑子里只有一个字——蒙。

四十三块五毛，我懂规矩地先结了账，朗哥拍了拍我肩膀，笑着说：“年轻人，别总一副苦大仇深的样子，忘了和你讲，咱学校美女可是挺多的哦。”

说完，他得意地挑了挑眉毛，抢先走出门去。老实的形象在我心里瞬间瓦解。

回到寝室，几个室友都在。

朗哥：“来来来，欢迎我们的新战友，杜……杜什么来着？”

我：“昆阳。”

朗哥：“对，杜昆阳。”

我在尴尬中做了自我介绍。大家起哄鼓掌，说什么的都有。

靠窗边上铺的哥们儿听见了声响，从被窝里钻出来，擦了擦眼睛，显然不知道发生了什么。

门“砰”的一声被推开，一个赤裸上身的胖子，端着洗脚水吆喝道：“哟，你就是新来的那小伙儿吧，长得不错啊，有发展有发展，我是国强。”

他放下洗脚盆，用沾满水的手拍了我胳膊一下，我正纠结着该如何应答，寝室的灯突然熄灭了。

一个嘶哑却响亮的声音随即从走廊里传来。

“熄灯了啊，各个寝室都赶紧睡觉。”

我有些疑惑：“这是……”

还是那个上铺的哥们儿小声告诉我。

他说：“管寝室的肆大爷，烦着呢。”

我点头表示了解。而此时，国强已经跑到了门外。

走廊的灯光照在他肥肥的肚皮上。他掐腰叫嚷：“老肆头，烦不烦，你怎么回事，你怎么回事！”

我被这一幕吓了一跳。紧接着就听见一阵小跑的声音，应该是肆大爷听见了赶来说理。

国强则以迅雷不及掩耳之势，闪进屋，把门锁上。小声嘟嚷了一句："这老肆头，太没发展了。"

刚才的嚣张劲头烟消云散。

寝室里，瞬间没有了半点光亮，肆大爷站在门外大声地斥责着。

大家一阵窃笑。

只有我，还伫在原地。

（二）

躺在床上，背靠着墙，我努力调整着不安的情绪。

好在，近五小时的车程起了作用。刚有点睡不着的苗头，就睡着了。

清早，冷风飕飕的。

肆大爷拿着竹竿挑起了我的被子，用极其大的嗓门儿，嚷嚷着叫我起床上课。

我睡眼惺忪地看着其他人，也都是如此的状况，寝室里哀号一片。

并没有人告诉我，早饭的时间就这样被我们睡过了。因为，室友们一般都选择在床上略过。

按黑板上的课表来看，每天只有四门课，每门课连上两节。

一、二节都是英语课，我状态还不错。

课间，国强坐在我旁边，跟我打趣："英语老师漂亮吧。"

我回应说："嗯嗯，上课也有动力了。"

他说："这就有动力了？那你是还没看到咱们化学老师呢。"

我说："好好上课吧，别像没见过女人似的。"

国强一撇嘴，满脸的不屑。

第三节课的铃声响了，我们还在继续着这个话题，准确地说，是他余兴未尽。

伴随着紧凑的脚步声，一个身影从我的眼前利落地划过，我下意识地看了一眼，刚把头转回来，几乎是同时，立刻又转了回去。

并没有给大脑反应的时间。

眼前，这个看上去年龄不大的女人，应该就是传说中的那位化学老师。

高挑，大方，梳着精致的马尾。眼睛不大，但微微一笑，就弯成了一道月亮。

那一瞬间，让人恍惚，让人想融化在那抹月光中，至少我是这样的。

我从未看着一个人，愣了神。

她发现了我这个新面孔，也打量了我几眼。

我们对视了两秒钟。

旁边的国强推了推我说道：“怎么样，我说什么来着。”

我小声说道：“什么什么来着，就还好吧。”

他：“兄弟，你那表情是还好吗？”

我必须承认，为了掩饰，我并没有说实话，我能感觉到自己已经满面通红。

但我也必须承认，后面这两节课真的是乏味透顶。

不出所料，文科转理科，就像移植器官一样，排斥性极强。

更何况我根本就看不懂黑板上的那些字符和公式。

什么速率、什么平衡、什么电离，越听心越烦。

讲课声，声声入耳。我趴在桌子上，偶尔看一眼黑板，对学习的事毫无头绪。心想：“曾经的班级前十名，竟然落得如此田地，呜呼哀哉。”

类似的若干杂念，在我的脑海里延伸得无边无际，此起彼伏，让我不知不觉地睡了过去。

不知道又过了多长时间，铃声再次响起，我迷迷糊糊地以为是第三节课下课了。

但实际上，这是中午的放学铃声。

我一抬头，教室里空无一人，只有满满一黑板的符号显得非常热闹。我揉了揉脖子，准备离开，一转身却被吓得差点叫出来。

化学老师就倚靠在我旁边的座位上。

酒红色的开衫上挂着金色的毛衣别针，与精练的纱质黑裙相得益彰。

我还没开口，她就先说道："什么意思？第一天上我课就睡觉，我讲得不好是吧？"

我说："没，没，我原来是文科生。"

老师惊讶地说："文转理？难怪，那就不听？"

我说："说实话，这些我一点也听不懂。"

我刚说完，她就把桌子上我的教材拿起来翻看着。

她说："够新的。"

随即她又把教材往桌子上一按，对我说道："哪儿不懂，你说。"

我说："都不懂。"

她扶了扶眼镜，把书翻到最后一页。

她说："都不懂，那现在开始从元素周期表给我背，下节课我会有问题问到你。"

我苦笑着答应了，其实，心里还是没什么底。

她离开以后，我木然地看着黑板。

关于这节课，只记得两件事。

1. 她叫菲；2. 我有点怵她。

晚自习，我对国强重复着中午的场景，得意地开着玩笑。

我强调道："听听，给我背，给我。"

国强："啧啧啧，那不很正常吗，别认真。"

我好像赢了什么比赛一样，难以收敛那种贱笑。

刚离开座位几步，突然回头装模作样地说道："都不懂，那现在开始从元素周期表给我背，下节课我会有问题问到你。"

然后，笑着扬长而去。

我猜，国强一定觉得我精神不正常。

周末，不管是不是正事，总之寝室里的人都各有可忙，我却无所适从。

时间还早，我出去简单地吃了饭，洗了澡。只身一人。

也去了朗哥说的一家东西很全的超市。

以前我都没想过，有天自己会在超市里，为自己的生活需求做着盘算。而此时，我提着偌大的购物篮，看着满目的商品，感觉已然过上了独立的生活。

我大概兴奋了一分钟，然后莫名其妙地，就开始了再也没有停下过的空虚。

回到学校，平日喧嚣的教学楼异常安静，只能听见水房里冲水的声音。我把刚买的东西，放进了我的柜子里。

躺在床上，望着有些轻微闪动的白炽灯，第一次感觉到了什么是孤独。

（三）

可能是因为水土不服，在入校第一周周末的晚上，我就发烧了。

这是第二天我才发现的。

早上七点左右，肆大爷一如既往地叫大家起床。

又拿竹竿把我的被子挑到一边,我瑟缩着。肆大爷刚想上手，就被我的脸色吓了一跳。

但他秉着“宁可错杀一千，不可放过一个”的理念，把班主任给请了过来。又测了体温，才肯放我在寝室里躺着。

吃过药以后，我趴在被窝里，清醒一阵，糊涂一阵。

不知道是第几次醒来的时候，我突然意识到了当天有化学课。

虽然，我也没懂这有什么可特别的。

但就在上午的第四节课进行到一半的时候，我裹着一件蓝棉服，扶着墙，步履蹒跚地推开了教室的门。

短短的几步路，已经透支了我全部的力气。我忍着不断要流出的眼泪和鼻涕，趴了半节课。

放学后，她问我为什么发烧了还来上课，我支支吾吾，捂着肿胀的眼睛，词不达意。

她马上又说：“那既然来了，我就检查一下之前给你布置的任务吧。”

我张大了嘴巴，心想：“这个家伙！”

（四）

那天，虽然不舒服，但我表现得还行。她夸了我几句，然后又布置了接下来几天的任务。

让我想不到的是，不知从什么时候开始这一切都变成了一种习惯。

放学，我要把之前留的功课交给她检查，一番讲解后，她再布置新的习题。

菲的课一周有两次，每次都是上午的最后两节。

每次我都不敢懈怠，不然课上，这家伙还真的就会问到你头上。

不过，奇怪的是，我居然很听话，一点点地啃书、熬夜。

甚至，买了好多辅导资料拿来巩固所学的功课。而且一般都会在那些功课的基础上再往后看几篇，然后，享受着那种给她我意料之中的惊喜的快感。

我可能脑子真的烧糊涂了。

我从同学那要到了她的电话和 QQ 号。

有时晚上无聊，我便会顶着刺眼的光，翻看菲的 QQ 空间。

结果，这种无聊的时候就变得多了起来。

但她的空间动态一共也没多少。我还记得的有这几条：

1. 最后一节课上到了十点，才到家。一天将要过去，打开电视，不用换台。

2. 我妈所谓的相亲大时代。

3. 这首歌，写进我心里。

“没那么简单 就能去爱 别的全不看

变得实际 也许好也许坏各一半

不爱孤单 一久也习惯

不用担心谁 也不用被谁管

感觉快乐就忙东忙西

感觉累了就放空自己

别人说的话 随便听一听 自己做决定

不想拥有太多情绪

一杯红酒配电影

在周末晚上 关上了手机 舒服窝在沙发里。”

4. 难得周末没什么事，打了一百块的币子，斗志恢复。

5. 学生上我课睡觉，忍不了。

6. 早起堵车，但阳光真好。

我揉着眼睛，反复看，好像体会到了一种不尽相同却又感同身受的情绪。我转过身，闭眼冥思。

一些场景，历历在目。

陌生的城市里，随处都生长着孤独和迷茫，原来，我们都一样。

即便到了十八岁，却仍和真正意义上的成年人有着一线之隔，这就是那时候的我们。

经常会做些自己想象不到的事，似傻而狂，但也在情理之中。

国庆节那天，我们205寝室高调聚餐，酒过三巡以后，大家心里有种抑制不住的兴奋。

朗哥打趣道："老杜，可以啊，听说化学老师天天给你开小灶。"

我说："没有的事，人家就是怕我拖班级后腿。"

朗哥："哟，快看，咱老杜脸都红了。"

我说："老子这是喝酒喝的行吗?"

国强在一旁插话道："不过，化学老师，那老妹确实长得带劲。"

我不自觉地瞪着国强喊道："玩笑归玩笑，但说话你还是得放尊重点!"

国强突然站了起来，把下巴抬得很高。

国强："你喊什么，我说她啥了你就不乐意，我还说我想泡她呢，你能怎么着。"

我不自觉地握紧酒瓶，但朗哥一把把我拽住。

其他室友也都来拦我。

朗哥："哥儿几个开玩笑，你至于吗?"

我没有说话。

国强："你忘了你自己是谁了吧。"

这话刚落地，我头一热，当即拿出手机给菲发了一条："我喜欢你。"然后把屏幕举向国强，对所有人说：

"这样，行了吗？"

（五）

菲那边风平浪静，像没接到信息一样。

仍然在课上以问答的方式跟我保持着互动，仍然放学检查我的功课。

我忍不住开口："你有看到我发的信息吗？"

菲："没看见。"

我一时乱了阵脚，临阵脱逃，假装想去上厕所。

她则继续在我的书上画着重点。

等我回来时，她看着我，表情异样。

我说："怎么了？"

她用手一指我的书问道：

"这是怎么回事？"

我都忘了自己是什么时候写的了，教材上几乎大部分带"非"

的文字都被我给改成了“菲”。

如“菲林试剂”“菲氧化还原反应”。

当时，我也不知是哪里来的胆儿，说道：

“那你同不同意？”

她：“是你有病，还是我有病。”

我：“你，你要是没病，会看着电视发呆，连台都不换，会周末一个女生去游乐场打一百块的币，会觉得黄小琥的《没那么简单》是自己的写照？”

她好像被我说中了什么一样，不说话。

我继续说道：

“我知道你很累，每天要换几个地方上课，还被家里催着相亲，我就是觉得我也能感受到，我就是觉得我心疼，我也不知道……”

她打断我：

“别说了。”

菲随即离开了教室，但我好像看到了她眼睛里的泪。

十分钟后我收到这样一条信息：“谢谢你，你是永远的弟弟。”

这句话如同女生在拒绝男生时通常会说的：“你是个好人。”

我告诉自己，一切就在刚刚结束了，其实本就没开始过。在我的世界里，化学老师不知从什么时候变成了只是一个叫菲的女孩，现在，又从菲变回了一个普通的老师。

再上课的时候，我努力做到不再让自己看上去那么积极，菲也很严肃，尽量躲开我的视线。

快放学的时候，她问了一道题，班级里鸦雀无声，我也闭口不言。而正当她失望地要公布出答案时，我就像哪根神经搭错了一样，当即喊了一句：“因为还有水里面的氢氧根离子呗!”

她手一指我，喜出望外。能看出，她也没有控制住自己的情绪。

但一放学，我就一溜烟儿地跑了。

（六）

没过几天，我又病了，比上一次严重。在床上一躺就是两天，其实，我清楚得很，这次多半是心火。

有天早上，睡梦中，我被一条手机信息的震动给叫醒了。是菲!

她要我去楼下门卫那里取东西。

我看完信息，甚至没用爬梯，直接从上铺跳了下来，穿着半袖，踩着拖鞋，全然不顾初冬的低温，飞奔楼下。

一个巨大的白色布袋，里面装着还冒着热气的面包、饼干、三明治、柚子茶，还有一个水杯。

那一刻，我感觉自己的病瞬间就好了。

她给我打了一通电话，叮嘱道，那个水杯是专门用来喝热水的，柚子茶是她亲手熬的，面包要趁热吃……

我不解地问道："你怎么知道我病了？"

她："你没来上课，我会不知道？"

我："那你为啥给我送东西？"

她："因为你病了。"

我："我病了和你有啥关系？"

她没回答，挂了电话。

我就这样盯着手机，足有十分钟，然后先是因为发烧难受而掉了眼泪，随后又擦干了泪水，放声大笑。

室友们惊慌地看着我。

而我一头钻进了被窝里，左右打滚。

我知道我的爱情就要到了！

（七）

那个周末，我们一起吃了顿饭，像两个傻子一样，倾诉着各自的心事，痛哭流涕，胡言乱语。

接着，就在这种氛围下，确定了恋爱关系。

一切难以置信。

很多事，求之不得才复杂，而当它来临时，反而变得很简单。

之后，我们约法三章，作为恋爱条件。

1. 我不许声张此事；

2. 每次考试必须提高名次；

3. 化学这科单科成绩至少达到班级中上等水平。

我就奇怪了，为啥所有条例都是给我设定的。

那以后，我们又恢复了平常补课的习惯。只不过，怕太过频繁被同学发现，菲就放学先随着人群走，在操场转上一圈，然后再回到班级。

可令我心疼的是，她后面还有别的学校的课，所以为了兼顾给我补课，她选择了不吃中饭。

于是，我就更加拼命地学，班级化学成绩中上这个指标，没用上两个月，我就超额完成了。

周一到周五，我像打了鸡血一样，废寝忘食。

偶尔给她发条信息："你干吗呢?"

她回复道："躺在沙发上，给你出题呢呗。"

其实这也是我很喜欢菲的地方，其实她年龄也不大，但她却总是很有分寸，知道我复习功课压力大，从不打扰，却也会用些小心思告诉我，她一直都在。

菲说，家里还有几条金鱼可以陪她，而每当她把嘴巴贴在玻璃壁上的时候，金鱼们都会游过来亲她。

我说，其实那些金鱼都是我的分身。

周末，就是难得的二人时光。

通常我们都会先到南湖公园散步，然后，去一家被我们称为“老地方”的特定的商场里吃饭。

只要在一起，怎样都好。我们从不挑餐馆，从第一家开始，几个月，我们吃遍了那个商场里的全部美食。

而就在那个商场里，我还有幸见识到她打了一百个币子的战场。

虽然这些我从没玩儿过，也没兴趣。

但练了几次，就把她引以为豪的气枪记录给破了，甚至还赢了一只作为奖品的毛绒狗。

我从未跟哪一个人在一起时会感到如此的舒服和服帖。

不过我们也有吵嘴的时候，像我为了耍帅而冬天只穿一件夹克，或者她又开始没日没夜加班的时候。

好在这些都还算是温柔的负荷。

我甚至忘了这是在高考的日子里，还是高考只是从属于这些日子。

这一切就像她发梢的光，散发着一切不可言说的美好。

直到有天，菲说因为她和朋友合资办了一个培训学校，精力实在不够了，所以想在这边的高中请辞。而且，我的成绩也基本稳定了，不再用她多操心。

我先是一怔，但还是表示了理解和赞同。

结果月末，班级就换了新的化学老师。

平时再见她就很难，幸好，我们还有周末可盼。每个周日，都像生离死别。

（八）

四月的一个周末，我们坐在出租车里，她对我讲她最近压力很大，事太多，妈妈还总给她安排相亲看房什么的，我隐隐地感觉到了一种不太好的趋势。

果然，临下车时，菲提出来想先彼此自由一段时间，一方面她要好好想想一些事情；另一方面希望我把高考先好好考完。

我并没有反对，只是沉默不语。

没过几天，我去她的学校找了她一次，又没过几天，电话里我和她没来由地大吵了一架。

然后双方开始保持沉默，我硬撑到了五月，都没有联系她。

而当我终于忍不住，再打那个号码的时候，却已经永远变成了关机状态。

我告诉自己这是巧合。

之后，我失魂落魄，每天把心事发给她，但无人应答。

我想，我被菲骗了。

但这个念头一出，我又瞬间开始责备自己，我想起了我们的所有时光，想起了菲为我饿着的中午，想起了老地方。

或许，她有苦衷，又或许什么都没有，只是该这样发生。

我不知道该怎样安慰自己。

再后来，高考我考得很一般，去了吉林的一所理工院校。

学的是化学专业。

大二的时候，我去了电台工作。

那时候，和师傅做一档音乐节目。

听众可以来聊心事，也可以为别人点播歌曲。

我奇怪，为什么所有人都在聊爱情的事，我更奇怪，为什么多数还都是学生。

可每当我心里有一丝不解的时候，就会瞬间联想到曾经的自己。

其实，中间菲的那个号码，有给我回过一条信息。

那天我记得刚在外吃了一顿应酬的饭，回到家，我极度疲惫，给她发了一条信息，内容大致是我现在在电台工作，而且相比其他同学很早就有了新的工作安排，也可能回北京去。

过了不久，菲回复了一条："那我就放心了，我希望你一切都好。"

我看到那条信息后，一直捧着手机，眼泪忍不住流下来。

接着，我心一横，就再没跟菲以任何方式联络过。

但那只毛绒狗，我却一直带在身边。

大三，我辞去了电台的工作打算回家过个假期。

奶奶追着我让我收拾以前上学的书，不要的话，她就卖了，我只得不情愿地翻箱倒柜。

有本化学教材，被我不经意地翻了出来。

我百感交集，坐在地上翻着每一页，我看到了那么多曾被我修改过又被她划去的"菲"，心里隐隐作痛。

当我翻到最后一页元素周期表时，我竟然看到了之前从未发现的，她写的这样一句话："火车是永远不会等人的，但是火车还会回来。”

我心里像被电击了一样，然后，突然想到这句话的出处应该是夏雨的那部电影——《独自等待》。

我好像什么都明白了，当天晚上就订了车票，第二天一早到了长春。

凭着记忆，我找到了她的那所学校，可站在门口却惊慌失措，不知该以什么方式见面，甚至莫名想哭。

她手机仍是关机的。

我打算用手机号搜到她的微信，然后，再给她发条语音信息。

还真的搜到了，名字是她的，可头像竟是一个大约一岁大的小姑娘。

下面有一句：“永远爱你，我的公主。”

我靠在墙上，直直地看着天空，轻轨驶过的声音由近至远，而我反倒平静了。

一切都变了样子，一切都有了新的起始。或许早就该这样了。

好像只有长春的风还是那么疾，吹得人无处躲藏。

我坐在返程的火车上，不想说任何话，虽然也无人可说。

窗外，景色宜人，吐露着新鲜。

我良久地望着，仿佛菲也在跟我一起眺望。

我终于接受了那个事实。终于接受了你也成了如烟往事中的一道风景的现实。而我在你看不到的远方，湿眼遥望，唯祝一切都好。

恰似你曾悄悄走进我的世界，赠予片刻美好之后，便消失不见。

匆匆而别，却如春风化雨。

西瓜女孩

有些棱角，时光也不易将其磨平。而难能可贵的是，人海茫茫，有的人因为相同而相遇，却没有因为不同而分离。

（一）

KTV 门口，老远就看见了躲在旋转门后面的海宁和雨桐。

海宁是我姑姑家的表哥，雨桐是他最好的“朋友”。

一进门，海宁就大步流星地过来要抱我，从他红白参半的脸色来看，之前他应该已经喝了不少。酒味与 KTV 里夸张的香水味交织着，闻起来让人头疼。

雨桐赶在海宁前面，一把将我搂住，欣喜若狂地说道：“弟弟，你可来了，明天我和你哥要结婚了。”

“哈哈哈，真的假的?”

雨桐拍了我一下，更大声地说道:“真的，怎么不是真的呢!”

他们两个抱着我摇摇晃晃地朝包间走去，左一言右一语地重复着。

“真的，当然是真的，骗你干吗。”

我看着他们游离的状态，只好无奈地迎合着:“好，好，我知道，真的，真的。”

当下这种熟悉的感觉，仿佛瞬间让我回到了十年前。

我上小学，海宁上初中。

那时候，我总是受班里几个男生的欺负，几乎五天上学，三天如此。但每到危急关头，海宁都会像超人一样赶到，不费力气地出手搞定，而我则躲在一旁，完全不敢怎样，只是心里暗暗地起劲儿:“这就是语文老师常说的，古有英雄驱虎豹。”

但事情也总有例外。时间一长，其中一个男生摸出了规律，他似乎算出了海宁什么时候会来而什么时候不会，加上他早就怀恨在心，所以那天一放学，我刚过了人行道，他就奔向了我。

他:“没别的意思，咱们赌一赌，你哥今天能不能来。”

我有点心虚，但我也知道狭路相逢勇者胜的道理，哪怕是逞一逞口舌之勇。

我:“他说了今天来接我，你快走吧。”

实际上，我这句话还没来得及说完，他就来了一记飞脚，这完全不在我意料的节奏之中，我招架了几下后被他腿一绊就摔进了水坑里。

海宁果然没有来，那天，我颜面丢尽，大失所望。感觉回家路上，晚风都夹着眼泪的咸味。

不过没有想到的是，这却换来了我第二天的威风满面。

海宁得知这件事情之后，兴师动众地来学校替我雪耻，他带着自己的五六个死党，把几辆山地自行车整齐地停在校门口，阵仗甚大。逢学生便盘问那个男生的“下落”，就像警察在通缉犯人那样义正词严。

海宁让我先回家，所以，后面到底发生了什么，我不得而知，他也没有和我详谈过。但那以后，很多同学跑来问我海宁是谁，而后面再也没有人找过我的麻烦。

我借着机会和一些小伙伴吹嘘起海宁的传奇事迹，什么他一个人能打倒一群高年级的混混，或者他又摆平了什么事之类的。实则是为了长自己的威风。

其实，只有我以为其他人听不出来。

话虽如此，但海宁可不是坏学生，更不是学校里的那种“社会小青年”。他性格腼腆但很热情，平时话不多，但看到“不平事”却勇于出头。

几次轰动全校的事件，让他声名大噪，就连那些所谓的“混混”也因为敬他是个汉子而对他格外照顾。

不过，他可不愿意和那些人有过多的牵连。班级里，海宁有属于自己的死党圈。

而雨桐，就是其中的一员。

（二）

毕竟正值青春年少，海宁有时也会跟我吹嘘一番他的事迹。具体的情节我记不清了，可我却清晰地记得，每一件事里都有雨桐的身影。

我盘问关于雨桐的事，海宁瞬间涨红了脸，腼腆却又好像光是提起这个人就很喜悦的样子。

他说雨桐的父母都忙着在外做生意，很有实力，他们把雨桐一个人留在这边上学，还给了她当时我们想都不敢想的生活费。但奇怪的是，雨桐非但不张扬，还特别懂得节省，而且为人非常随和。

海宁在网络上和她视频聊天，雨桐穿着凉拖，啃着西瓜，吃得满脸都是，像个神经大条的男孩一般，淑女二字和她完全不沾边儿。

“西瓜女孩”这个名字就是海宁给她起的，可估计她现在都不知道吧。

我想再细问，海宁就冒出一句：“反正她就是特别不一样。”

我猜，像的人能产生物理变化，却很难发生化学反应。海宁和雨桐因为同样直爽的性格和处事作风成了最好的朋友，甚至连姑姑都知道她，喜欢她，而且三番五次地邀她来家里玩儿。海宁和雨桐友情越来越深，却始终距离爱情一步之遥。

那天，海宁下了英语课，他同班的一个女生竟然在路上对他表白。自然，这也少不了那些死党的起哄，海宁对待这种事一向羞涩，他虽然不喜欢这个女生但也不想当面拒绝，所以只是默默地往前走。

直到雨桐也开始劝他考虑。

雨桐：“人家哪儿不好，配不上你海宁啊。”

海宁不语，雨桐为了照顾那个女生，再次说道：

“不管行不行，你去给人家说个好话，你可是个大男生，这样算怎么回事，让别人笑话。”

海宁：“好话是吧，行啊。”

海宁突然莫名地爆发，转身就开始对那个女生乱吼，持续了几分钟，所有人都不知所措，我也是。

寒冷的冬天把地上的积雪冻得很硬，那个女生坐在地上大哭，任大家怎么劝也没用。而海宁拉着我，疾步前行，走出了人群，他没有生气也没有烦躁。

我只能在他的脸上看到沮丧。

我想，雨桐并不明白海宁的心情，而这就是海宁沮丧的原因。

很多时候，一步之遥才是最遥远的距离，感情的事真的无法强求。

海宁自然也明白。

（三）

初三那年，万恶的“分流大潮”在国内流行开来，经常会听说谁家的孩子不参加中考了，直接去上什么技校，好像如此便能轻松地找到工作，得到靠谱的机会。

总之，在一些老师的嘴里，这事神乎其神，甚至会成为班里那些中等或中等偏下学生的不二选择。

这也顺应了很多学生本来就不想待在学校的心理。

而那时海宁的家境不是很好，家人也觉得是条路，所以，他就这样成了分流大军中的一员。

轰轰烈烈却也掷地无声。

在技校的几年时间转瞬即逝，海宁很快参加了工作，因此他比同龄人看起来都要成熟，准确地说是都要辛苦。还好，他的性格走到哪儿都蛮受人喜欢，而那些死党从来都没有离开过他。

而雨桐，一直都在。

“无论谁和陌生人的距离，都只差六个人”，这个理论不知从什么时候开始经常被搬出来。但显然，这条看似很有威严的言论在一个小城市里并不适用，我和海宁的很多亲戚都认识雨桐的父母，好像还有些交情。

他们两个的事总被家人聊起，大家都觉得可惜却又无计可施。海宁从不愿多提什么，我想，在他心里也许“朋友”是一个不好的结果，但也是最好的结果吧。

我高三转学去了外地，关于海宁和雨桐的事就这样消失在我的视线之外。

后来，我得知海宁自己又考了一个学历，加上家里也帮衬了一把，他便幸运地去了一家事业单位上班。

和以前一样，他依然干得不错，大受同事和领导的欣赏，不久便在单位吃得很开。而雨桐则考上了厦门一所大学的酒店管理专业，因为她家里就是做这个的，大概是想让她毕业后直接回家里做事吧。

我快高考的时候，姑姑一家都来了我所在的城市这边。

海宁被查出了心脏的问题，必须在这边做手术。得到消息的时候，我心里一惊。我赶过去时，手术已经做完了。

他躺在病床上，很虚弱，不能说话，肿得厉害。

姑姑说自己的心脏就不好，应该是遗传给了海宁。而长期的酒局饭局暴饮暴食更是让他加快了病情的发展。

海宁进了事业单位以后，努力地做好每一件事情、处好每一个人，当然，也很拼命地融入着这个五味杂陈的社会。

术后没过多久，他的身体恢复如初，而我则考到了另外的城市上学，工作。

我和海宁联系得越来越少，因为我俩打小就在一个被窝睡，可能话早就在那时说尽了。不过，每次我回家，他待我还是十分热情，总是极尽所能地想为我做些什么，那种感觉，像极了小时候。

几次饭后，我断断续续地听他说，这些年他也交了几个女朋友，有同学，也有后来生活中认识的。但是话语间我却听不到任何的幸福感，甚至不及当时他和我说起雨桐的半句。

而雨桐，一直都在，从未离开。

这一切都发生并过去得如此迅速，纵有多少故事，也都被搁置在了不经意的那些年。而个中滋味，只有那个一直在你身边的人才会懂。

头上的灯光闪得人跟着摇摇欲坠，有那么一瞬，是今天也是昨天。

包间里，海宁的死党们唱的唱喝的喝，时而拉着我唱歌，时而说要集体婚礼，时而跟我寒暄一些生活里的琐事。

海宁和雨桐站在最前面，在酒醉的状态下跑调地对唱、拥吻，拿婚礼开着各种玩笑，就像一对甜蜜的情侣。

我看着，听着，觉得也挺好。

即便直到现在，这个西瓜女孩仍不属于他，但却一直陪在他身边，他们亲吻，也拥抱，然后掏心掏肺。

好过有些人，只做爱，不拥抱，满嘴尽是胡言。

最遥远的路

我在离家九百五十一点五公里的远方，想起了那条最遥远的路。

小时候，我觉得人生中最遥远的路，就在家里。

当我犯了错误在客厅的角落里面壁思过时，心里就想着趁家人不注意，一点一点悄无声息地移动回自己的房间。

因为，客厅里，我罚站一定是背对着电视的，要不怎么叫面壁呢。而需要反省的内容，更加无聊，不外乎错哪儿了、怎么错的、为什么做错，这三项明确的指标。无聊透顶。

不过，不得不说，后来这倒让我在语文上有了悟性，尤其是写议论文，因为“是什么、为什么、怎么办”，这不就是“论点、论据、论证”吗？

但大人们,最在意的还是“敢不敢再犯错了”而已。这种事情，多么蛮横。所以，我才不劳心伤肺。

只要能偷偷转移到自己的房间，就能解脱，当然，要在不被发现的情况下。

如果有得谈，双方各让一步，我回房间反省，那也蛮好。可众目睽睽，这种事，也只能想想。被看出了反省不认真、不严肃，那是要重来的。

逢年过节，厨房里的蛤蟆、龙虾什么的，被拥挤着捆绑在一起。极尽窘迫。

我好想救救它们，哪怕一两只，偷偷带回房间，放进我事先准备好的装着水和沙石的大可乐瓶中，不亦乐乎。

可我最多只能走到厨房门口，便会被揪住，“放蛙从宽，缴虾不杀”。

想来要是成功了，那我也算是那个时期同龄人中收养另类宠物的先锋了。但现实情况是，我被埋没了。

直到初中，便不再做这种傻事。

而那时候，我总觉得，最遥远的路就是走出家门。

家里就等同于大人们的世界，而我的世界在门外。

大人们不知从何时起，变得爱发号施令:“踏踏实实在家复习功课!”“都什么时候了还不回家!”“看看人家孩子，就在家里安心学习!”每天一睁眼就要听这些话，翻来覆去。我从没有那么想出门，或是不想回家过。

某种程度上，家是个更大的学校，因为它还会束缚你的精神世界。

“复读机用来听歌，学习机用来打游戏”，和这异曲同工，谁用手机给家长打电话当好孩子啊，有那工夫，给女同学发信息还来不及呢。短信一来一回，荷尔蒙让文字变得随心所欲，此时，要是身后突然一声“干吗呢”准能让人魂飞魄散。像一盆冰水，唰的一下从头浇到脚。

手机被没收还不算，没有休止的唠叨紧接着就开始了。

那点心里微妙的美好被说得一文不值，更是和道德品质的问题画了等号。

为什么没有一条法律是管这件事的，电视里不是总演，告这个损害名誉，要那个赔偿精神损失吗?

别说小孩都天真，那时我很信命，因为，我把一切都归结成了当孩子的宿命嘛。到了高中，这种感觉愈演愈烈。

梦想拿不到桌面上，沟通永远不平等。有时，我真想召集所有感同身受的同学们，搞场革命，就像历史课本里那些变法的革命家一样，为了自由主义，为了理想主义，为了人道主义而抗争。

然后千呼万唤："时刻准备着!"

直到高二，我转学去了另一个城市。

这种离家在外，算不算我单方面的胜利，算不算革命的阶段性成功呢？这种想法经常会在脑子里转。

我想我获得了自由，和本就属于我的权利。

可不知为什么，时间一长，欣喜之余，心里竟生出了一丝恐惧。

世界开始变大，脑子里好像多了好多遥远的路。

比如，从一个城市到另一个城市的旅途就算其中之一，我从未只身跋涉到一个不熟悉的地方如此之久，即便我曾对此求之不得。

坐在大巴上，该做什么，该想什么，没人告诉我，可又不能什么都不想，小到周围人的举止、旅行箱的安全，大到如何面对一个新的城市和关于从未谋面的种种。

对于自己的未来，来不及考虑。

但这个过程倒是飞速，就像我的个子一样。将我推向高考的考场，推向大学的校门，推向更多的未知。

那些曾无比憧憬的生活和自由，扑面而来。

聚散有时，新旧更替。

我的生活好像泡进了酒精里。开心了，放肆了，自由了，庆祝了，来得快，走得也快，剩下的，却还是那种恐惧和不安。

冥冥中，我时常感觉自己站在路的分岔口，满目茫然，不知所措。

而回首来时，方向有些模糊。

好像就是从那时起，日子开始重新漫长了起来。

聊天时对于时间的计量单位，不知从何时起由天变成了年。

工作后的几年，我最怕酒桌上听到这样的祝福："祝你在……的路上越走越远。"

因为，这条路，我已经走出去了太远，太远。

小时候，总是被家人罚站反省，而现在更多人不管不顾，只会一股脑儿地要你往前看。

中学那会儿对外面世界的渴望，尽管现在仍在流淌，却已近干枯。

原来，曾经的那么多个梦想和愿望，连成线，就变成了一条离家好远的路。原来，人长大了，话变少了，个子高了，一步都能迈出一个世界。

这让人瞠目结舌。

我习惯了去熟悉一个城市，也习惯了一个城市开始变得陌生。而只有关于家的记忆，才会让我在这个变化中，感觉到存在的温度。

现在算算，有时一年也只能回一次家，多的时候两次、三次。

才惊觉，其实遥远的路，只有一条，它通向家的方向，却难以触及。

始作俑者的不是时光，而是自己。

每次回家，奶奶都会对我说这样一段话。

说她中午做饭的时候，到了饭点儿，经常看到窗外陆陆续续有放学回家的学生，总有几个像我的背影，那个发型，那个身材像得呀，可又怎么可能是呢。

我一听这话直想哭。

如今，我隔几天就要往家里通个电话，希望以此弥补。

多数的情况下，奶奶听不准，都是让爷爷接，然后她在一边大声地指导爷爷发问。就像朗读早已列出的提纲。

电话打得一多，实在没话聊了，就会和爷爷同时陷入沉默的状态，然后缓过神来又一起尴尬地笑。

这种时候，我就知道可能是最近电话确实打得频了，而电话那头，爷爷一定是走了神，在看每晚六点钟的养生节目。

一通电话，实在微不足道，可却总会让我感觉到有那么一刻，那条遥远的路似乎又近了些。

而透过那条路就可以看见，暗夜里，远方的一处灯火里，那永远的爱、永远的梦、永远的牵肠挂肚。

是错过，让我遇见了你
——遇见之后

也许，时间是一场奋不顾身的旅行，你会匆匆经过别人的路口，也会有人不经意地走进你的人生。只是，有的人，遇见之后就不见了踪影。而有的人，错过了，才真正地开始相逢。

那年，我十七岁，对很多事似懂非懂，无所适从。

画画是我唯一喜欢做的事情。于我而言，好像充满燥气的生活里，就只有这一件事能够让人心平气和。甚至有时候觉得只有在画画的状态下，世界才会变得安静起来。耳朵里只有铅笔和画纸方寸之间来回摩擦的声音，沙沙的，让人安静。

不觉中学画已经到了第六个年头，我在画室里也算得上是半个权威人士了。所以有时候我会不自觉地拿出一种“老前辈”

的姿态。比如：大家都坐四角塑料凳，我却偏偏要坐老高的铁质折叠椅，哪怕只能弓着腰才够得到画板，也要如此。

这样画画很累，却也能让我臆想出一种“高人一等”的愉悦。

画室里陆续地来了很多突击美术的高中生。老师无暇照料的时候，便让我客串助教的角色，帮他们修改和讲解，我倒是挺高兴，表现得十分积极、主动。

时间一久，大家自然就变得十分熟悉，玩在了一起。虽然差着些年纪。

豆子、木木、老马这些人，还有她，就是在那个时候认识的。

其实想来，我认识她应该还要更早，而且我们大有“过节”，以至于我看到她就不由得感到冤家路窄，像个积怨已久的侠客，看见了仇人现身那般的切齿。

她叫洋，记得几年前，她曾在画室里学过一段时间。

她给我的第一印象是，弯弯的短发像“手撕包菜”，有时，还会卷进镜框里，再加上她那小小的眼睛，乍一看，好像受了多大的委屈似的。

那天，我坐得离她不远，看着眼前的陌生面孔，有点好奇，就主动和她讲了几句话。

“唉，你学画多久了，画得不错嘛！”

“你从几点画到几点啊？”

她只是低头画画，就像没听见我的声音一样。那我就一直讲，不然自己冷场岂不丢脸。

“你哪个学校的?”

“年纪应该比我大吧。”

这次，我的话好像奏效了。她瞄了我一眼，紧接着，又把头转了回去，根本没有理我的意思。我有点不耐烦了。

我说：“你说句话啊。”

毕竟，男生都会有那么一个阶段，对招惹女生特别乐在其中。

我的举动好像影响到她画画了，她一扶眼镜，回头嚷道：“你好烦啊，可以离我远点吗?”

周围的人都听见了，我整个人瞬间像要蒸发了一样。谁能想到，这么可怜巴巴的外表下竟然藏着这么有杀伤力的声音。我的羞愧感随即而生。如果可以的话，当时真想直接钻到眼前的静物罐子里。

“此仇不报非君子。”我在心里记下了这笔账。

苦恼了几天，我终于想到了厉害的招数，蓄势待发地准备还击。可她竟消失了，而且一消失就再也没有出现过。

但我的心情并没有随之变好，这真是“用心良苦却成空啊”。

她的那句话在我脑海中挥之不去，一直飘荡了好几年。

所以，如今仇人再见，当然分外眼红。虽然，现在我不会为了这点事报复，但这直接导致了我也不会给她什么好脸色，决不。

这次，她没有再度消失，反而开始日复一日地出现，甚至我还没有来得及察觉，她就已经慢慢地进入了我的生活，不动声色。

“一定要注意透视关系”“因为鼻子更靠近你，所以要让它再实一点”，我端坐在整排的石膏像前，模仿老师平时的口吻，帮她修改着米开朗琪罗的素描半身像。我眯起左眼，用大拇指比着结构，装作一副很严肃的样子。余光看到，她像个小学生一样在一旁耐心地看着，我的心情简直比米开朗琪罗还开朗！

借着兴头，我一点一点地试探性地问她记不记得当时的事。我期望她瞬间想起那时的场景，如此就可以让她为此时的自己而感到不堪。可她竟然表示完全不记得了。我猜，她一定是装的。

“千言万语只能无语”，我一副无奈的表情。没办法，既然她这样说,关于这件事的问询也只好作罢。可她倒是被我逗乐了，就像我给她讲了什么笑话一样。

我反倒成了笑话！我捶胸顿足刚想将自己所有的气愤表达出来，她转头一看我，我就瞬间把话咽了回去，起身离开。

从那一刻，我就知道，我的世界即将告别平静，即将乱七八糟。

但那时的我并不明白，其实，世界从来都不曾改变过，所有的聒噪无非是源自于那个懵懂的年纪。而在懵懂的岁月里，无知和无畏仿佛只有一线之隔。

是错过，让我遇见了你
——错过之前

在那个看不清世界的年纪里，第一个看不清的就是自己。那时的我们，大部分的举动，都不是为了显示自己多高明，而只是为了让自己看起来与众不同。

也正是因为不同，在人群中，有人一眼就看到了你。

我和这些比我大两三岁的高中伙伴们逐渐熟悉了。对于初三的我来说，当然是一件看起来很神气的事。不过，这样一来，我就得每天被迫地见到洋。想想就头疼。

有时候，她还会主动地去关心我的一些事情，让我很不适应。这种化敌为友之迅速不在我的意料之中。

为了和她保持距离，我结合了她所有衣服必有格子的特点，发动大家一起叫她花布，甚至还造谣说她喜欢老师的儿子。她很生气，但却不发火。有一次，还半开玩笑地问了我一句：

“你是不是喜欢我啊？”

我立即否认：“你抽什么风。”

她像没事人一样地离开，没过多长时间，还是一样地又向我问东问西。

有一天，我正准备临摹一张水粉静物，打开画箱的瞬间却发现自己的颜料被重新填满了，调色盒也被清洗得焕然一新，反复地检查过后，我确定了这是自己的调色盒。我万般地疑惑。

身后一个声音突然冒出来，吓了我一跳。

她：“看你穿得干干净净的，怎么颜料天天用得那么恶心。”

我故作镇定地说：“管天管地，还管人家拉屎放屁啊！”

她举起画笔要打我，我噌地一下就闪了。

打那天开始，我见到她，除了一如既往地挖苦她之外，竟然还多了一种难以名状的羞涩，莫名其妙。

她还真是迎难而上，有一天，竟然直接坐在我旁边，选择跟我画同一组静物，还跟我放话道：“我就坐这儿，看你还能怎么骂。”我充耳不闻，戴上耳机，听着一首潘玮柏的《我对天空说》，借此平复情绪。

之后她就总坐在我旁边，还隔三岔五地给我刷调色盒。慢慢地，她和老师儿子的谣言慢慢淡去，关于我俩的绯闻流传开来。

这一招我可真怕了。

我觉得我输了，依照墨菲定律“不要惹傻子，不然别人会分不清谁是傻子”，对，识时务者为俊杰，唯有认错，才能终止她荒唐的报复。晚上，我躺在床上睡不着，给她打了个电话，准备认个㞞。

她接起电话问我：“怎么了?”

我准备好的腹稿瞬间七扭八歪，左右颠倒，竟然回复道：“没事，就问问你干吗呢?”

天啊，我怎么说了这句，那种要蒸发了的熟悉的感觉再次袭来。我为了防止自己再说错话，只能一言不发，她也不说话，气氛很怪，沉默随着时钟嘀嘀嗒嗒地走，彼此的呼吸听得很清楚。

之后，我们竟然每晚都要通一次电话，我也不知道为什么，但每次都说不上几句，只是彼此沉默而已。我是说，我也不知道为什么会和她天天通电话!

当你发现自己有某种习惯的时候，通常是在开始不习惯某件事的时候。

我慢慢地，竟然开始讨厌她有时和别人坐在一起。我和她闹脾气，她倒是也没有和我理论，然后就很顺利地天天和我坐在了一起。后来，我还偶尔送她回家。不得不说，我有点不想再对她冷着脸了。

直到那天，作为她死党闺蜜的豆子问我是否和她在一起了，我的回答含糊不清，然后豆子又问：

“那你俩天天互相打电话，然后还不说话，倒是挺别出心裁的哈？”

听到她的话，我有种日记被人偷看了的感觉，我心里有点慌，没有再理她，转身回到了自己的座位上画画。

我本想听歌，却发现自己忘记带“设备”了，我随手把一旁洋的 MP4 拿来，不管三七二十一地将耳机放在了耳朵里，一阵熟悉的旋律随即而来，我心情缓和了不少。

等等，不对，这绝对是巧合。我打开播放界面一看，发现这首歌排列在一个名为“小潘”的文件夹里，仔细看去，里面都是潘玮柏的歌。而因为大家都说我长得有点像潘玮柏，所以都称呼我小潘！

我猛地意识到，自己喜不喜欢她，我没有搞清楚，但她一定喜欢我！

我本能地觉得，不该对她有什么想法，她也不应该这样，于是，我开始恢复了对她的进攻。

只有我们两个人在的时候我就冷着脸，甚至还故意蹲在画班楼下的井盖上和几个朋友打扑克，要她看见。

那天，她说她对我很失望，而我却表现得很不在意，但这种不在意，自己都觉得演得很别扭。

这样的日子持续了一整年，直到我成了高中生，她变成了高考生。

圣诞节，她和豆子跑到我们学校给我送礼物，我其实挺开心，回到教室小心翼翼地打开，竟是一条手织的围巾，我短暂的感动之后，又陷入了一种莫名的焦虑。

恰巧，在那之前，有另外一个朋友也送我了一条围巾，我故意戴着那条去画室给她看，她也没说什么，但我清楚地看出了她的失落。不，应该是难过。

那天之后的日子过得异常的快，有天她跟我说要去沈阳学画，迎战艺考。我敷衍了事地和她到美术班下面的照相馆里简单地聊了几句，也没有怎么放在心上。

我没有想到的是，那一次竟成了我们最后的见面。

她走了之后，给我发过一条信息，很正式地问我是否喜欢她，我还是一样含糊不清地回答，也不知在逃避什么。但我确信的是，反正我才高一，她也很快就会回来，有些事不用急着怎样。

我的课程逐渐地紧张了起来，去画画的日子都变得断断续续，甚至她高考后的假期都被我忽略了，短信的沟通三三两两，我跟她每晚的通话也早就不知从哪一天开始停了下来。

后来，家里决定让我转校到长春，我给她发了条信息，她也没有多讲什么，只是跟我说要加油，还说她一直觉得我会有大出息。那一刻，我彻底意识到，我的生活即将有一个新的开始，而跟她的一切也就此画上了句点。

我想，可能，早就画上了吧。

看得见的只有前路，抓不住的已成云烟。

我开始明白了，有些事有些人被藏进回忆里，看似毫无声息。却会在某个不经意间，就被全盘托出，无法防备。

临去长春之前，我又去了一次画室。听说了洋也刚回来看过老师。我默不作声，心里却空落落的。

我做了一个深呼吸，找到了自己的画箱，想随便再画点什么，却发现自己的颜料被重新填满了，调色盒也被清洗得焕然一新。

我的眼睛有一点难受，也能感觉到某种情绪堵在心里，难以支撑。这才恍然，有的人，遇见之后就不见了踪影。而有的人，错过了，才真正地开始相逢。

/ 第二章 /

聚散有时　新旧更替

当下的你，最好的你

You Are

The

Best

像个孩子，等日出

太阳会钻进天边的角落，也会照常升起，就像约定好的一样。而终有一天，你会发现，生活也是如此，周而复始，没有什么事情是事出偶然。

我们变成了现在的样子，一切过往就成了偶然。我们远去他乡，那么，曾经出发的那个地方，就成了漫漫长路中的偶然。

所以，很多的无法适应，不想接受，多半只是因为还没习惯。

（一）

夜空下，5号线地铁，悄悄地冒出了头，停在距离终点不到三站地的地方。我总觉得它也和我一样疲惫，但又对未来的一切寄予着某种信任和希望。

地铁门缓缓打开，湿热的风瞬间包裹了身体，侵蚀掉一路上空调赠予的凉爽。幸好，手机的网络恢复了通畅，这个自我安慰略显牵强。

宣的信息，第一个跑了出来，像他本人一样直接而急迫。我还没看内容，第一个反应就是，我俩也太久没见了，即使见了面，也是像阔别那样，所有的话都堵在心里却问候不出。

我吧啦吧啦地开始回复，不知想说什么，但是却想多说点什么，一如那年，他在我耳边的喋喋不休。

很多人，分离以后，名字就成了日后记忆中的唯一线索。有的人则不同。宣，只要记住了他的名字，就会记住他的一切。吵吵闹闹，简简单单。

高三那年，我转学去了长春。

第一次看见那么多来自不同城市的面孔，虽然，年龄相差无几，但那种陌生还是会不经意地让我感到惶惶不安。

如果往事像一张内容丰富的碟片，平稳而漫长，那么，高考的日子则是一段按下了快进的旧时光。以至于，那时的我还没有学会适应，就已经被卷入了其中。

转眼间，两个月匆匆而过。

两个月，很漫长，漫长到每晚的自习都熬得心血蒸干。两个月，也短暂，短暂到只在一起吃过几顿饭，还没来得及熟络的四个室友像商量好的一样，相继地来了又走，就在我觉得我们的生活开始彼此相关的时候。

他们并没有问过我的意见，我难过了几天，才好些。

有人走，就会有人来，这是最简单的真理。

两个刚转进班级的新生，和一个邻班总是到我们寝室蹭聊天的同学，被安排进了我们寝室。

必不可少的“迎新聚餐”在寝室大肆进行。小北带了家里自己做的辣翅，楠张罗着想办法买酒，海龙坐在床上侃侃而谈。

不速之客，寝室老师肆大爷闻讯而来，最后，被一盒烟收买，几句形式化的叮嘱过后，满意而归。

我恍然，这场景在两个月之前就发生过。

想要适应还真的不简单，对我而言，不排斥就是最好的司空见惯。

我把窗户打开，凉风吹进，大家酒兴正浓，都很高兴。

（二）

班里又转来了一个男生，叫王宣，大眼睛，脸很黑，有点面目可憎的意思。

他逢人就笑，却不知那对深深的酒窝在他的脸上简直是雪上加霜。脑袋上顶着两个头旋儿像两个犄角，更是让人难以对他有什么好的印象。

我并不喜欢这个人，第一眼就笃定。

一种不祥的预感浮现在脑海，因为我们寝室还有个空床位，可能“他坐定了我们寝室的最后一把交椅”了。

果不其然，他准确无误地被分到了我们寝室。嗯，还在我的上头。

开始，大家都不待见他，他又偏偏是个自来熟和话痨的结合体，每天喋喋不休，惹得寝室里几次差点发生“内部事件”。而他自己倒是像没事人一样，只是一直笑，一直笑，有时候让你觉得他在气你，有时候，也会让你觉得真的是他自己不在意。

但有一次，他要在自己的墙上挂佛像，被大家明令禁止，他生气了，虽然没人在乎他生不生气。

周末，寝室同学有“家室”的和爱学习的都忙得不可开交，也有人待在网吧一扫这五天校园生活的枯燥。

寝室里，就只剩下我和宣了，唉，这“真是个讽刺的交集”。平日里，别人不听他说的那些话，周末便集中地讲给了我。虽然无奈，但我总是试着理解一个话多但不能说的人的心情。

好吧，我看我的书，任由他讲。反正他的话兴致勃勃地冲进了我的左耳，大部分也会被右耳不屑地全盘托出，也无所谓。

如今，在公司开会能坐得住，想来和那时的“训练”大有关系。

不过有时，我也会偶尔听进去一两句，因为他说的内容并不那么招人厌烦，无非是一些家长里短，心得感受而已。但特别可耻的是，有几次，我居然不知道是被他的哪个点说通了，跟他一聊就聊了一个下午。

后来，我发现，宣除了聊天这个爱好外，还有一个新的技能——逛街。重点是他并没什么多余的零用钱，所以，他逛的目的就特别纯，只是为了逛街而逛街。没用几天时间，他就把长春的地图背得差不多了，而且逐一践行。什么地方可以敞开逛，风景又好，哪里东西便宜还有优惠，他了如指掌。

因为这个，他在学校里出了名，大家一看见他就会嘲笑他说："呦，宣哥，又去哪儿逛啊！"所有人都拿他开涮，但他并不在意。

宣："去一个特别好的地方！"

接下来，毋庸置疑，倒霉的又是我。我肯定他也没有什么别的朋友，更没有人愿意陪他逛。

（三）

眼看着距离高考还剩不到一周的时间了。好在同学们准备提前回家的心情，取代了战前的些许恐慌。

而我，既没有多么紧张，也没有为终于可以回家而欢喜，但却有一种不适的情绪再次出现，像初夏未消的寒意，像仲夏里的常温啤酒。

我们遇见过很多人，却依然很难适应分离。

我又多了一个难以适应的话题，有几天我一直在懊恼这件事。有人说，这就是缺乏安全感。

下了晚自习，我准备休息一下然后再去自习室上超级晚自习。

一推开寝室的门，吓了我一跳。宣正跪在床上，在佛像前喃喃自语。他有念经的习惯我是知道的，可是之前都是听他说，这次是看见真的了。

他看见我尴尬的表情，傻笑着。

宣："我想让菩萨能保佑我高考顺利，压线就行，咱俩这关系，刚才我也替你求过了。"

我："好吧，吓我一跳，以后提前告诉我一声。"

宣："嘿嘿，我后天走。"

这句话砸在了我的耳朵里，一种说不出的难过让我只能沉默。那一刻，嘴上不承认的话，心里早就都认可了，宣是一个很重要的朋友。

曾经对他有多不屑，此刻就有多不舍。

第二天，晚饭后，他带我去了一个他很宝贝的地方。有河，有草，但是晚上看不太清。我们边走边聊，说了很多。我再一次表明了是有多烦他，但他却说我是他在这里唯一的朋友，虽然我早就知道，但是亲耳听，还是会有种莫名的感动。后来，他也顺势抱怨了我长久以来对他的说教，还说他也根本没听进去我的话。

我气得直想踹他，他只是一直笑。

记得那天我们聊到很晚，回去的时候，早就封寝了，而一包烟，照旧好用。

有时我会幻想，是不是肆大爷每抽一口我们送的烟，我们之间的岁月就短了一程。

现在，很多时候，我依然会感到不适应。不适应人情冷暖，不适应事态变迁。每每如此，我就会想起那个穿着一身不搭的黑运动服，顶着两个“犄角”，对一切都好奇，但活得特别有劲的“酒窝宣”。

想到他，我就会傻傻地一直笑，一直笑。

其实安全感就是一种习惯，而所谓的没有安全感，就是打破了自己苦心经营的习惯。

所以适应才变得艰难。

我们一路在寻找那个叫作安全感和存在感的东西。却忽略了只有拥抱自己，温度才真实。而无论周遭如何变化，无论天空阴霾与否，我们都不必灰心，只需带着希望和热忱，像个孩子一样，等日出。

就像那天，他们问宣要去哪儿，他笑着回答：“一个特别好的地方。”

明天，一切会好

我不知道明天会不会变好，但还有明天可期待，这已经蛮好的了，不是吗?

写完了稿子，已过凌晨。

电脑变得有点刺眼，不过右上角时间的提醒还是格外醒目，我揉了揉眼睛，看向窗外，对面的楼，只有几处尚存光亮。

几乎每到这个时间，我都会特别认真地以为，人可以不吃饭、不喝水，但不睡觉，一定会死。

我快速地关上电脑，洗脸刷牙，脱掉衣服，然后像个跳水运动员一样，发力，跳跃，不假思索地钻进了被窝里。

双眼闭合，我甚至能感觉到水底单一而美好的颜色，湛蓝的世界里，听不到溅出的任何一圈波浪。

一切如约而至，手机却响了，一句脏话从我心里驰过。

“MD，老子就这样从海底被捞上来了吗?”

这通电话，意味着，今夜和明早之间一定会掺进一个心不甘、情不愿的故事，我有点不耐烦，也不想理，但震动声却没有停止的意思，我只好摸出了手机。

是大鼻子！好吧，我不得不接。

大鼻子是她的外号。我们是同事，也是很好的朋友。

好到下班还会约晚饭，好到一起去听“逃跑计划”的现场演出，好到她会想把妹妹介绍给我做女朋友的那种。

当然，另一种无法拒绝的必要原因是，她是个女生。

我接起电话，那端传来的却是一个陌生男人的声音：“您好，是杜先生吗?”

我：“是的，您是?”

他：“您的朋友喝多了，可能需要您来接她一下。”

我：“啊？她喝了多少啊，自己吗?”

他：“她只点了一杯 See You Tomorrow，和她一起来的女孩刚走了。”

我：“好，什么位置，您说?”

我有点着急。几乎是同步的，那人说完了地址，我就套好了衣服。小跑着往外走，来不及锁门。

好在酒吧就在离我们公司不远的五道营胡同里，很熟悉。

自从我被派到外面写新剧本后，就没怎么回过公司，更是和大鼻子没见过几次。

不过我倒是间接地了解到近来几个老同事离职的事情。难道是因为这个？还是什么？我自己乱猜着。

车子一路畅通，却也用了半小时，我倒是彻底清醒了。

一下车，我便急忙奔向胡同口。

迎面，一个男孩搀着大鼻子往外走，应该就是刚才电话里的那个人。我快步走过去，一把接过了她，随即向那个男孩礼貌却有点不信任地说道：

“我是她朋友，交给我就行了，麻烦你了。”

我从他手中，接过了大鼻子，实话讲，我从不知道女生醉酒后，会重得如此离谱。

到胡同口只不到100米的距离，我们却走得很吃力。

大鼻子的胡言乱语和散发出的酒气，让我也有点摇摇晃晃，像也喝了二两。能感觉到，我俩都在负重前行。

余光里，那个男孩一直跟着我们慢慢地走，我有些反感，回头说道：“我应付得了，你回吧。”

他：“你怎么来的?”

我：“打车，怎么?”

他：“我车就在旁边，要不就坐我的车吧。”

我有点迟疑地看着那个男孩。

我：“你……”

他：“我是他男朋友，之前的。”

“前男友？”我顿时有种慌乱感。就在刚刚，自己还把他当成了酒吧的服务员，还一副大义凛然的样子。

不过想来，我还真的不知道大鼻子家具体住哪儿。只好吞吞吐吐地答应。

在他的帮助下，我把大鼻子扶上了车。能看出来，对此他十分熟练。

我在副驾驶的位置上，看着后视镜里难受的大鼻子。

男孩开始主动和我聊了起来。

车上的气氛有些尴尬，不过也解除了我的疑虑。

男孩说道：“她以前就这样，啤酒，一杯就醉。”

我：“心里有什么事吧。”

他：“不知道，可能吧！”

我：“刚给我打电话的是你？”

他：“嗯，没等到你，她朋友就把我叫来了，刚好我也在附近，我来了也没用，她又不让我动她，所以只好等你来。”

附近？这家伙也不是什么“等闲之辈”。

我妄自揣测着。

显然，我让大鼻子等了太久。

车靠路边停了下来。我暂时放下了一些自责。

此时的大鼻子已经醉到连话都讲不出了，那个男孩凭着记忆带着我们走了好几圈，才找到了大鼻子的家。

客厅在灯光的照射下显得有点昏黄，我没有具体地看清那是一个几居室，大鼻子只住其中靠门的一间，这是那个男孩告诉我的。然后男孩从大鼻子的包里找到了钥匙，试了几遍才打开门。

我看上去像个旁观者。

那是个狭小而不太整洁的房间，让我难以想象这是个女孩子的家。男孩重手重脚地把大鼻子放在床上,一副解脱了的神情。

我把床上乱作一团的被子搭在了大鼻子的身上，心中再次打鼓，觉得不能完全放心。我示意男孩，会再陪一会儿大鼻子，让他先走。

男孩爽快答应，随即离开。这倒反而让我意外，男孩甚至都没问过一句我是大鼻子的什么人。

眼前的大鼻子，睡得正香，完全看不出是酒醉的样子，好像什么也没有发生过，好像这只是个无比寻常而安详的夜晚。

大鼻子，让我难受。

已经快凌晨三点钟了，积攒了一天的疲惫感失而复得。我检查了下大鼻子的被子，熄了灯，悄悄地带上了门，准备回家。这使我终于得以喘匀了一口气。

回程的路上，风变得和缓起来，我摇上了车窗，将手插进上衣的兜里，小睡了一会儿。

大鼻子怎么喝成了这样？到底发生了什么？还有那个人不是大鼻子的前男友吗？怎么连大鼻子家住在哪儿都搞不清？

回到家里，温度刚好，一切都格外平和。我躺在久违的床上，反倒不怎么困了。我闭着眼睛，用手机随便放了首歌，下意识地打开了空调的暖风。勉强让几经折腾的自己产生了困意，渐渐睡去。

第二天，大概傍晚的样子，大鼻子给我发了条信息，没有提一个谢字。不过我也习惯了。我问她为什么喝酒，她没讲原因，只说是不小心喝多了而已。

得多不小心才会让自己醉呢？我本打算继续发问，可话到嘴边，又咽了回去。

有些话不说，往往是因为想说的太多。

城市里，有多少放纵，也许就有多少的咬牙逞强。

我不再问她醉酒的缘由，就当是陪她疯了一场。过去的不必过分计较，毕竟明天还大有可忙。

我转移话题道：“你知不知道为什么当时，你只喝了一杯，再醒人世就是第二天了？”

她：“不知道啊。”

“傻姑娘，因为吧员告诉我，你点的酒就叫 See You Tomorrow。”

趁我们还可以选择

年幼时，我曾特别羡慕大人们的生活状态。

大街上，只有小孩子才东张西望，大人们多半都是径直地前行，沉稳而有力，好像对人生的所有方向和前路都了如指掌。

看不出半点慌张。

（一）

上午，我正写着稿子的时候，收到一条作者朋友的信息，说很多公司都在跟她约稿，可她不是觉得条件不满意，就是认为对方的平台不够优秀。总之，好像所有人都在求她赏个面子。问我该怎么办。

其实处于我的角度，我觉得那些条件都还不错的，尤其对于一个新人来讲。

我本想作为一个朋友适时地给她泼泼冷水，但转念又一字一字地全部删掉。觉得没必要再做什么讨论。

因为同样的问题一个月之前她就问过我，而现在她还在挑选着。

只有一条路可走的人应该不会迷茫。而过分纠结可能都是那些大有选择的人，也正是这些人才会得富贵病。

我想起一个朋友，阿晟，一个大龄女编导。虽然不该这么说，可这来自她对自己的评价。我都还没忍心说“剩女”这个词。

每次联络，她不是在加班剪片子，就是在去某发布会采访的路上，所以，基本上想要约见一次，就得我先陪她去跑个活儿，然后才能就近吃顿饭。

在她的世界，一切都差强人意，但话语中仍透露着希望未来会有所改观。

我觉得这样挺好，改变往往是变得更好的前提。

半年前，公司组织体检，在炎热的夏季里，每个人都如同走了一个没什么必要的形式一般。

可阿晟却意外查出了脑瘤，还是比较严重的那种，必须马上手术。

知道这个消息后，我既吃惊又紧张，她倒是很淡定，就像早有准备。但这种事情谁又能真的看开呢。

所以，我不会去安慰她，生怕反而影响了她的心情。那段时间，我们所有认识她的朋友，都很小心。

她也没告诉过任何人手术的时间。当我发现她连着几天没来上班的时候，手术早已经做完了。

大概又过了一个礼拜，我才敢联系她。

从电话里可以听出，她很虚弱，却仍嘴硬着说一切安好。不肯讲出自己在哪个医院，更不想谁来看望没有头发的她。

术后没多久她就出院了，但仍不见人。

直到过了两个多月，她才找我约了个饭。

（二）

餐厅里，人不少，走得也急。

我先到了，但并没有等上两百桌，显然这是之前她在电话里夸大其词。

“Hello！”她打着招呼，从我右边的过道出现。

卫衣上大大的卡通图案很显眼，这种装扮，让我猜测她的心情应该还不错。

阿晟变化不大，却也好像没那么简单。

术后的初次见面如我预想得一样平静。我不知道如果问点什么的话，是否会引发她情绪上的不安。

所以，我决定乱扯一些彼此发生过的很丢脸的事，一来缓和气氛；二来是我很努力地想逃避掉一切关于她的病和手术的话题。

看来这是个好主意，我们都兴致勃勃地交换着回忆。

但让我有些不解的是，每提及一件以前的事情，她都是记头不记尾，而且总是张冠李戴。我一时着急说道："什么记性啊你？不会是失忆了吧？"

其实，话一出口，我就后悔了，但阿晟的话，更是让我心头一颤。

阿晟有些犹豫地说："是有点记不住事哈，医生说后面也可能会越来越严重。"

瞬间，我能感觉到空气凝固了，我什么话也说不出来，接下来的每一秒钟都显得沉重而无所适从。

好像过了许久才好些。

她主动和我聊了一些关于工作上的事情，我站在男生的角度，劝她可以考虑换个工作，毕竟，编导这个活儿太熬心血，有时候男生都顶不住，更何况她又是大病初愈。

而当我的大道理还没有讲完的时候，她情绪有点激动打断我说：

“我现在的情况不能再从零开始了，工作上、生活上都一样！我没得选了，你还不明白吗？”

我看着阿晟，难以想象关于更多未来的事情。

后来，我才知道，阿晟不仅记忆会受影响，而且每隔两周必须注射药物才能维持生命。

这些事情，她无法面对，但又必须承受。在她眼前的路很多，但又好像只有一条。

（三）

独自坐在回家的地铁中，我的心情有些低落。那种感觉很难形容，但让我胸中发闷。

借由阿晟，我想起了我的大学同学老魏。

半年前，当时也是在地铁上，我突然接到老魏的电话，他说这会儿在北京，问我是否有空晚上一起吃个饭。

我埋怨他为何不提前打个招呼，他说这次来是为了陪父亲看病。我感觉到了他语气中的异常，二话不说，便和他约好了下班见。

老魏的父亲被查出了胃癌晚期，说是保守治疗的话至少胃也要切除一半以上。所以，才带父亲来京想进一步检查和治疗。

老魏说，前段时间，他放弃了家里给安排好的工作机会，陪着父亲四处看病。而母亲身体状况也不是很好，所以，他觉得压力很大。

我完全能理解，但有的话不知该怎么劝。

知道老魏的父亲已经安顿在了朋友家以后，我陪老魏喝了点酒，又留他到我住处住下。

直到深夜，我们还在聊这些事，但面对老魏的愁苦，我无法给他更多的建议，只能让他扛住，有什么我能帮到的地方，就开口。

可这些话其实只是相当于润滑剂，在坚硬的现实面前显得无可奈何。其实，我和老魏心里都懂。

第二天，他走得比我早，我起床后，想发条信息给他，却斟酌不好该怎么说。

半天过后，不是滋味地发了一句："加油，兄弟。"

而我更想让他明白，其实有时候"加油"的意思，不是让你咬牙坚持，而只是想让你别太亏待自己。

我常在想，可以主动地去选择，是多么值得欣喜的事情，而只有能够选择的路，也许，才算得上是风景。

现在，对我而言，每做完一件事情，哪怕只是完成了一篇稿子，我都还是会在心里如祷告一般地感恩和知足。

因为和一些人相比，我们可选择的余地太多了。但有时候，我们对选择的挑剔，却简直挥霍无度。

生活里，我们更需要的是一点一点地让自己变好，而只想趋利避害的话，反而会浪费掉太多的余地和可能。

就像年少时，我理解不了孙燕姿的那句：“有昨天还是好的，但明天是自己的，开始懂了，快乐是选择。”

现在，我好像终于懂了。

其实，人生中，有那么多处风景，那么多个路口，它们摆在你面前的意义，不在于让你纠结困顿，费力挑选。

而只是在告诉你，与其百般踌躇，不如及时出发。

长路漫漫，总有一个适合你到达的方向。

独自前行

有趣的是，我每次写到自己躺在小区里的长椅上时，都会不自觉地把“躺在”错写成“躲在”。

还记得，圣诞节那天，没下雪。

天桥下，往来的车辆闪烁着温热的灯光。我抱着一大棵圣诞树回家，隆重地把它放在我的卧室里。为了增添一点节日气氛，我还特意准备了两条彩带、能变色的苹果灯和抹茶味的香氛蜡烛。

傍晚的卧室看上去十分温馨，就像小时候看的动画片那样祥和，只是少了可以烘脚的炉火和一个依偎在身旁的人。

以至于隔天，朋友来家里做客，瞥见了作为一个男生家不该有的场景，尤其看到那棵偌大的圣诞树后，对我又是调侃，又是挖苦。但其实这没什么吧，我苦笑着挠了挠头，没做解释。

毕竟你会在何时，爱上什么，习惯什么，这谁说得准呢？很多时候，习惯和喜好这种事情只需迎合自己。

没搬家之前，我一直习惯在周末的午后，大概两点钟的样子，趁阳光正暖，趿着拖鞋，躺在小区花园里的长椅上晒太阳，什么都不去想。长椅年久失修，枯黄的漆色，斑斑驳驳，只有第一条和最后一条木板可以承重，稍有举动便会发出咯吱咯吱的声响，躺上去十分舒服。

小区已经很久没有人来做过绿化了，但这却让爬山虎和一些草藤长得很盛，自由地爬上了高墙，漫进了一楼人家的小院里。眯眼望去，就连人的心里也跟着郁郁葱葱。像看了一场没什么情绪，但却很难忘怀的电影一样。

也许是因为工作的缘故，我的确经常去看电影，所以，这种感觉产生得有理有据。自打搬家以后，次数就更多。

不过，我喜欢一个人去看，这样自由。

电影里，身在他乡的男主角怅然若失，在海边奔跑，最终发现了那个一直在原地等他的人，然后影片戛然而止，音乐悠扬。观众们叽叽喳喳，落泪的也不少。失而复得地反转梗总是能戳中人的神经。不用问，某个角落里，我一定是以泪洗面的那个。

就算电影只是差强人意，一个人安静地欣赏时，也很容易有所感触。这和感性无关。

而无论结局悲伤还是圆满，它都总会带给你落差于现实的一种空虚和反思。

如果是已经看了第二遍的电影，我则更愿意留出些精力来观察观众的反应，期待着相似的笑点和泪点。好像这样，能从里面找到一种认同。

电影结束，我总是等字幕播完，最后一个离场。

也习惯在开灯的时候，观察走道里的红毯。有时，看着它一尘不染，我便猜想着，上一场电影是经历了怎样冷清的场面。

如此多的情绪和动作，多一个人负担，显然是不合适的。

这也让我想起了，曾经的一个癖好。

大学的时候，因为提前工作和课业的压力，我总是要每两天就去洗一次澡，但很多同学都误以为我是洁癖而对我举止十分小心。

实际上，这只是我酷爱的一种解压方式而已。桑拿间里，毛巾往脸上一遮，盘腿久蒸，很解乏。极度消耗下，好像很多问题反而容易想得明白，想得通透。

还曾遇到过一个老大爷，一直加水升温，然后坐在里面跟我较劲，好像要捍卫自己的某种能耐似的。

后来，老大爷终于受不了了，转身离开时，回头看着我，心甘情愿地对我伸出大拇指。而他一定不知道，其中的真意；也不知道这样洗完澡后，身上吹过的第一缕风是最醒人的。

走回学校，操场上依然是踢球的用力狂奔，聊天的三五成群，而我看起来，则好像和这一切有些违背和谐，这感觉，却又不知来自何处。

那时候，寝室里，我住在靠窗的上铺，晚上看着窗外的微光总是无法入眠。有时我会想象一下自己未来的样子，是不是会因为现在的努力而大有成就，是不是在一个崭新的城市里不用独自面对夜晚，是不是早就已经放下所有的不同而走进了拥挤的人群。而也许身边应有一个陪伴的身影。

时至今日，偶尔我仍会思考这样的问题，每当我在长椅上望天，在影院哭泣，或是在某个圣诞节的夜晚独自狂欢的时候。

我想，也许我们都一样，在人来人往的城市里，找寻着一种属于自己的方式来面对生活，面对夜晚，好像只有这样才能聊以自慰。

于是，日子久了，便有了那些不知何时养成的小习惯和小嗜好。

很少有人会懂，甚至连我们自己也没太搞懂。

就像我们自以为习惯了熬夜、穿少、不吃早餐。其实，我们只是习惯了一个人。

匆匆忙忙，独自前行。

缺乏野性的人

也许，你也和我一样，有时候很难跟别人产生情感共鸣，或建立交流。

所以，你讨厌人多，讨厌聒噪，一度深信“众乐乐不如独乐乐”。

但却也会因为遇到同类而沾沾自喜。就像一只蜥蜴在广袤的沙漠里终于发现了一只壁虎那般。

其实，我早就发现自己是个缺乏野性的人。

我习惯了走一条路，就会只走那一条路，就算有人告诉我还有近路，我也不会理睬。很自然地认为那条路跟我没什么关系。

我吃一道菜，就要连着吃，直到吃吐为止。前阵子，我突然爱上了家门口一家粥店的剁椒鸡蛋，无法抗拒，于是就逢吃必点。

直到吃得上火，大清早就流鼻血，才肯作罢。但，昨天我又去吃了。

去星巴克，我只点香草味的东西喝，朋友曾极力跟我推荐一款含辣椒粉的新品，但我嗤之以鼻。夏天香草星冰乐，冬天香草拿铁。好像一切都是制定好了的，遵守就行。

那种墨守成规，让人有种安全感。

我常在想，这或许是我对自己有失分寸的强权主义，又或许是过于怀旧的一种体现。

但仔细想想，应该跟我在爷爷奶奶家长大也大有关系。

上学那会儿，家里面，我和奶奶都要围绕在以爷爷为家庭核心的生活体系里，接受着一些规章制度。

拿电视节目来说，每天，吃完晚饭要看中央二台的《为您服务》，到了七点转台至中央一的《新闻联播》，新闻播完不能换台，要接着看后面的《天气预报》，然后是《焦点访谈》，快八点的时候，拨到地方台的《天气预报》再确认一下天气，有时还要忍受漫长的妇科医院的广告；接着赶紧转回中央一的黄金档电视剧，直到九点半，看了中央四的《海峡两岸》后，才算走完了全部流程，可以睡觉。

如此，每天雷打不动，就像开启了音乐软件里的列表循环模式。

其实，这些还并不算什么。爷爷还每天要我跟他学京剧、学毛笔字，并规定唱老生我只能按马派的唱法来练，毛笔字我一笔也不许连。

因为爷爷很喜欢谢晓东歌里的那句：“横平竖直，堂堂正正，做人也像它。”

倘若我听流行音乐被爷爷看到了，爷爷会说：“你们这些小孩子，怎么就是爱听这些咋咋呼呼的东西。”我便只好改听京剧或民歌。

幸好以上，我有足够的时间去适应，久了也没觉得有什么不好。

渐渐的，骨子里就注入了一种比较怀旧和传统的血液。与同龄人风格迥异。

中学时期，当同学迷恋 Super Junior 的时候，我操着蹩脚的粤语，满嘴都是 Beyond；当大家都“是电是光是唯一的神话”的时候，我却在琢磨着“越过山丘”。

虽然不同，但我从不去区分这种不同。尽管，这的确给我带来了一些小麻烦。

有次，我们几个同学一起喝酒，某位同学喝得有点多了，搂着我说：“别以为你说喜欢黄家驹就多牛呢，以后别再放在嘴边了行吗？”我当时听完这话，没有生气，也没觉得他幼稚，而第一反应是有些焦虑。仅仅是因为自己习以为常的事，竟然会让一些人觉得不舒服，这是我没想到的。

还有一次，大学寝室里，午休时室友轮流公放手机里的音乐作为助眠曲。

我去上了个厕所的工夫，回来竟然发现手机里的歌都被删了，我刚想爆发，室友就苦笑着说："老杜啊，我们实在受不了你的红色金曲和民歌经典啦，和你讲你又不听，昨天《沂蒙山小调》，今天又《乌苏里船歌》，谁受得了啊。"

不知为什么，听完这话，我瞬间就不生气了，反而趴在床上，哈哈大笑起来，更多的则是笑自己。

回想起来，这些事还饶有趣味，而直到现在，这种血液仍在我的身体里流淌。

今天的我，喜欢宅在家里看书，喜欢泡咖啡馆，喜欢人少且安静，喜欢独自看电影，还喜欢年龄稍微大一点的姑娘。

经常有同事或朋友开玩笑说："老杜，没关系的，整容了就说实话，其实，我们知道你已经六十多了。"我也是哭笑不得。

会说这话的人都是比较了解我和宽容我的，不计较我因为路远就不出门，也不计较我嫌晚就不约饭。因为，他们知道很多情况下，如果强制我参加一些活动，我会很尴尬。就连身体都会跟着出现过敏的反应，这毫不夸张。

有天，泽林叫我去他们家吃饭，可当我发现屋子里有十几个人的时候，瞬间心里又有了不适的反应。

上一次就是这样，我仅坐了五分钟就佯装有事，落荒而逃，还自认逃走的理由天衣无缝。

其实，与人交往，我完全能够不被别人察觉到自己的不适，我也会逢场作戏，但，这样是很累的。

我想起一个词“假嗨”。

有次，看大家玩儿得正高兴，我又不想让场子冷下来，于是只好躲进厨房里玩儿手机。一进门，看见了正在炒菜的阿新。

其实同为作者，我们之前很早就认识，但那时候还不太熟，只知道他是广东人，普通话说得不怎么好，所以平时很少听到他讲话或发表意见。他给所有人留下的印象只有话少，喜欢严肃文学，爱做饭。

阿新：“来厨房干吗，你怎么不进去和大家玩儿？”

我：“人一多，我状态就有点不太好。”

阿新：“就是不合群呗。”

我：“也没有，但反正感觉不太适应。”

阿新：“不用讲，了解，我也差不多。”

我：“你？”

阿新：“不然你以为为啥每次我都抢着做饭啊。”

听了这话，我特别激动，那种共鸣感就像找到了同类一样。那天以后，我们就成了特别要好的哥们儿。

但后来，他回广东了。

上个月，部门组织到市郊春游，一路上，大巴车里摇摇晃晃，播放的音乐都是民歌和红歌，同事多少有些抱怨，觉得像老干部下乡。唯我自得其乐，差点就要跟着唱起来。

到了目的地，大家在午饭前进行自由活动，我赶紧从人堆里跑了出来，打算随便转转。

一个新来的同事走了过来，问我为什么没和其他人在一起。

我还没来得及搪塞，她就说："不合群吧。"我敷衍几句，然后，她又说："领你玩儿点疯狂的就好了。"她的语气多少让我有点不开心，毕竟一个新人说话也该有点儿礼貌。

她指着眼前的一个沙滩摩托说道："咱骑摩托吧？"

我："摩托？我不会骑？"

她："我会，我带着你。"

我刚想拒绝，她就已经跑过去议价了。

没一会儿，人家就被她说服，给便宜了五十块。

她也没有问我什么，就一脚跨上了摩托，事已至此，我也不好再推脱。

我坐在后面，心里想："女生带着男生这也太尴尬了，而且她未必真的会骑，会不会有危险啊。"

我刚想到这儿，车子瞬间蹿了出去，隐约听见后面有人喊："姑娘，别开那么猛。"

我差点就被闪了下去。

她："怎么样，还行吗？"

我："你开慢点，开慢点。"

她："好的。"

她满口答应，却加快了速度，几辆车跟我们擦身而过，风快掀翻了我的帽子。

那种四轮的沙滩摩托，在高速行驶的状况下，颠得人阵阵发麻。

路两边的一些花和刚发芽的树也跟着向后飞驰，无法看清。

我紧紧抓住机车两旁的铁架，睁不开眼，任凭风猛烈地灌进嘴里，可也就在这个过程中，我由开始的惊吓，渐渐地，好像被一种什么力量所牵引、所打动。

不知不觉地，在颠簸中，在疾风里，用几乎嘶哑的嗓子大声歌唱，甚至几度差点流出眼泪，但我确信这不是被风吹的。

摩托车仿佛就是长久以来隐藏于身体里的某种自己，冲破束缚，得以释放。那种感动，来得凶猛，但又无疾而终。

后来，我们在野长城脚下下了车，付了钱。她又问我："你还好吗？"而我不知为什么，说了句："谢谢！"

那一次对我来说是种很特别的体验，让我心里缺乏"新意"的那个沙漠，又长出了点野性。

但我也清楚地知道，我不必为此而改变，那点野性在就好。

我们曾经总想改变世界，但后来才发现，世界改变我们的显然更多。

所以，为了改变而改变，多半会得到一个错误的答案。而那些让自己舒服的习惯和行为，很多时候无伤大雅，不如就将其安放。

周末的晚上，无聊时突发奇想发了条微信给阿新。

"我突然想五一去广州玩儿。"

阿新回复道："来呗，可以多玩儿几天，我这也有地方，虽然，这边最近总堵车。"

我说："哦，那我算了，等你来北京哈。"

/ 第三章 /

只有行走 才能遇见

地铁五号线

那段时间，几乎每天都要乘地铁五号线。

遇见过形形色色的人和事，看似来去匆匆，毫无瓜葛。

但他们的每一个举动，又都像是投射出了一个在角落里，独自等待的我。

公交车门的玻璃上，“自觉投币”四个红字取代了小城里所有的售票员，忘了这是从几年前开始的了。

之后每当我想坐公交，却又忘记带零钱的时候，都会怀念那个有戴着毛线“霹雳手套”的售票员找钱的年代。小时候我曾一度发愿，长大要做一名平凡而伟大的公交售票员。当然，其实我只是想名正言顺地戴那个霹雳手套而已，做什么并不重要。

初来北京那会儿，我发现，很多公交车上，虽然没有售票员，但却还是保留着门口的那个座位，这看起来倒是有一种莫名的人情味。

一些孩子经常喜欢绕过扶手到售票员的那个位子上坐下来，然后扬扬得意地看着大家。每次看到，我心里都有点排斥和厌烦。

不过，后面因为工作地点的缘故，除了周末去探望姑姑以外，我很少再坐公交。地铁五号线则成了我“两点一线”的主要交通工具。

说工具多少有点狭义了，因为算一算，每天上班的路程也足足有二十一站地，纵贯南北。所以，无论是从时间上还是空间上，这么说显然是不妥的。

我曾以为所有线路的地铁，状况都大同小异。但很快，去的地方一多，这种观点就不攻自破了。比如，每个线路车厢内的座位设置就各有不同，有的有座位，而有的就只能倚靠，有的干脆闲置出一大块地方，也不知道空着来干吗。

而说到车站就更是这样。感觉它们像出自一个很情绪化的设计师之手，你会被某一站的独特风格所吸引，甚至想当即下车，仔细观看墙壁上的人物浮雕或出站口的玻璃吊灯，可也有时会对某一站的景象嗤之以鼻，对脏乱的垃圾和脱落的大理石台阶心存不满，它们就像被信手涂鸦的一样。其实，还不如找一些街头画家，涂鸦一番，看起来还轻松些。除非设计师非要把这幅景象解释成后现代主义、抽象艺术或是什么。

但话说回来，五号线各方面都挺不错的，也可能是因为我对它日久生情。毕竟，每天我要在这里，往返花上三小时以上。如果把老家通化算作始发站的话，时间上等同于每天都要跑一次沈阳。这个颇具挖苦的玩笑，出自我爸。

没办法，三小时呢，不做点什么还真的很难撑。而且按照领导们常会提到的“投入产出比”来衡量的话，每天什么都还没做，就先荒废三小时，这太不划算。

于是，我开始在途中刷剧、看书、计划事情，这样时间便过得很快，而且效率出乎意料得高。这可能是得益于人在周围环境相对陌生的情况下，都不太容易分散注意力吧。说白了，其实就是因为也没什么其他的事能干。

但一些客观因素常会影响你的打算，比如车厢内总是人很多，多到连书都无法拿出。或者，赶上一段间隔很近的路程，也很郁闷。刚报完已到达的车站名，马上又要报前方到站。中文一遍，英文一遍，即便是戴着耳机，也听不清剧中男主角眉飞色舞地对女二说了些什么。

这种情况下，唯一能做的，就是观察事物，然后把看上去有意思的人物状态或交谈对话记录在手机里，思考着或许可以进行修改，然后用进自己剧本的某个桥段里。可不得不说，这个想法收效甚微，因为在相对密闭的空间里，哪怕有那么一丁点儿风吹草动，你也都会觉得还蛮有意思的。

后来，地铁涨了票价，从两块钱的满城跑变成了依据目的地计费。我心里其实是欢喜的，这不就是为了缓解地铁压力，以票价将一部分人群分摊给其他交通工具的策略吗？但是，我不知道是否因为五号线是南北向的缘故，还是什么其他的原因，地铁里的人依然如初之多、之满，也还是如初的有人在看手机，有人在打盹，有人在发呆。

大家都保持着一种陌生的距离。似乎，谁也不愿离谁近些。尽管,大家都别无选择地彼此簇拥。我曾听过一个好玩儿的说法：只有在地铁里，你才知道什么是人味儿。

可其实,只要不是末班车。晚上,地铁里的人还是相对少的，而且也比较有趣。

我常碰见同一个乞丐，四五十岁的样子，身边的扩音器播放着经文佛音，趴在地上艰难前行，且极力地向众人展示着他的艰难。只有那句“好人一生平安，谢谢！”说得比较容易。我通常都是给钱的，因为我家里有好多人都信佛，包括我姑，她又常说我有佛缘。

当然，我也常会碰见一些地铁歌手，但从未重复。以至于我很难对其中的一个人产生什么特别的印象。除了那天，我感到前所未有的劳累时，一个女生主唱、男生打鼓的组合，从前面那节车厢里缓缓走来，女生弹着吉他，唱着 Beyond 的《喜欢你》，让人感动又舒服。

记得那天，地铁马上要到站了，我怕错过机会，于是，快步走了过去，奉献十元大钞后，欣然下车。

也就是这样的同情心常常会被利用，我曾在车站因为可怜一对老两口而看都没看就买了十个苹果，结果老人家也看都没看就给我挑了十个烂的。一个朋友劝我，可能是老人家已经把最好的都挑给我了，行吧，我勉强接受，试着说服自己，以便不让同情心打折。

有天晚上，我在家里看书看得头疼，心绪不定，怎么也坐不住了，又无处可去，于是决定把自己交给五号线。

地铁，从天通苑南站开始，依站前行，停下，再前行。

夜晚看不清太多的景色，不过从车窗上还是能发现外面已经下起了绵绵细雨。靠在车窗边，我的心里涌出了些许波澜，又被某种理性压了下去。

说不出是经历了一天热闹之后的静默，还是一丝乏善可陈的疲惫。

刚想到这，眼前出现了一个老人。我把注意力转移到了她身上，老人怀抱着一大摞报纸，挂在脖子上的布兜里也几乎是满的，压得她很难直身，甚至空不出一只手来抓住扶栏。老人颤颤巍巍地走到人前，又艰难地一次次让脸上泛出笑容：“看《晚报》吗？看《新京报》吗？”

我看了看手机，已经十一点半了，地铁上充斥着劳顿的麻木，哪儿还有什么人愿意去关注眼前这个卖报老人的举动呢。老人离我越来越近。奇怪的是，她的某一个神情，竟让我想起了家里的奶奶和姥姥。

想到这，我从兜里摸出了几个硬币说：“您好，给我来一份吧。”能看出老人家挺高兴的，缓慢地提高速度然后凑了过来说：“要看哪个啊？”其实，我根本就没想看，也就随意地选择了一下说：“来份《晚报》就行。”老人思索了几秒后，费力地弓腰将报纸摊在地上，差点被地铁晃倒。对于老人的行为，我有些不解。

她摊开报纸，从里面抽出了一份新京报，然后对折了一下，把它交给我说：“小伙子，这个好，看这个吧。”

我接过报纸，有些哽咽却什么也没说，只是看着老人渐远的背影，看着她一次次收起被拒绝的笑容。

心里说不出是感动了还是被感动了。

那晚，雨只下了一会儿就无声无息地停了。只剩下一条条水渍挂在无辜的车窗上。地铁还在继续稳步前行，从茫茫灯火里钻进了隧道。天空灰暗一片，就像黑夜包围了整列地铁。可那一刻，好像世界和我都在期待着一束随即而来的光亮可以透过车窗，徐徐地照射进来，不留余力。

夜幕下的佛陀

夜幕低垂，心情起起落落。

城市里，每一颗在华灯下祈求放空的心，都是一个孤独的朝拜者。

（一）

下了地铁，才发觉天色已晚。

一路上紧绷着的疲乏，片刻间就倾泻了下来。

这座城市，六点钟是一个足以让人恍惚的界限，不及修饰，便可以让街道灯火点点，转幕而至。如果稍加驻足，便会亲身感受到傍晚的余晖慢慢打湿身体，浸漫着周围的一切。

从地铁站走出来不到二十米的距离，就能看到一条临近天桥的小吃街。实际上，都还没看到就会先闻到飘来的味道。

“天桥下本没有街，小吃多了也就成了街”，你不会听到大声的吆喝，但只要走近，每个摊位的大厨，也就是老板，都会亲切地跟你招呼一句，就像所有人都是他们的回头客一样。

四川狼牙土豆、串烤大腰子、五谷香鸡柳、蒜蓉烧生蚝、土家酱香饼……它们在金黄的灯泡儿下闪闪发亮，让人欲罢不能，成了暗夜中的诱人料理，而且大多花上个十几块钱，就可以美美地饱餐一顿。

视野中，一些年轻人坐在小马扎上津津有味地看着手机，吃着食物。也有些看上去就无所事事的人，叉腰站在路旁，小口小口地喝着啤酒，等着即将出炉的烧烤。我猜，他们一定认同“唯生活与美食不可辜负”这句话。

的确，这条小街解决了很多人的一餐之忧。而每当你拖着一身倦意从地铁站里走出时，无须顾虑晚饭的问题，也可以暂且抛下一些烦恼。眼前的热闹和光亮会让你感到一种久违的温暖。

不过有时，城管会不定时地来干扰这一切，他们可远比一场倾盆的大雨还奏效。所以，这种情况下你就不得不乖乖地上天桥，乖乖地回家。除非，你愿意留下来观赏，那片难以入目的恐慌和狼藉。

（二）

天桥上面总是有几个年轻的藏族人倚靠在栏杆上，漫不经心地照看着自己的摊物。一位极尽所能想让人从穿着上认出她是藏族人的老者，不停地磨搓着指间的丝绳，从大拇指绕过，然后再收归到一起。巡卫顶着并不合适的大檐帽和宽松的制服外套，坐在藏族人的平板车上。不难看出，他们正聊得火热。

巡卫努力地撑着胳膊把玩着一串珠子，又侧目打量着几尊青色的佛陀，然后，眼睛在佛陀和藏族人之间比对着。他才不管一旁离得老远的盗版书商，端着书，会怎样嘲笑他的无所适从。

自带高原红的脸颊拥挤着皱褶，笑一下都会让你有点难过。但也许正是这样的脸色才让他与那些藏族人处得融洽，还常帮忙看管在板车下面钻来钻去的孩子们。

人来人往，似乎并没有谁愿意来问津这些颇具意义的菩提手串或是银饰制品，但他们却总是好像不以为然，看上去笑呵呵的。

有时他们和巡卫什么话都不说，只是一起沉默，消化着一切的发生和经过，看着天桥下恍惚而又与他们无关的霓虹之色。然后悄无声息地消失在那里，就像你不清楚他们是什么时候来的一样。

排成长队的车流，焦急地吼叫着，和路灯混淆在了一起，只有三两人在马路上轻松地穿行，不过，样子都很模糊。

抬头望去，夜幕在远方变得明亮而清晰，仿佛一切都会被融入进去，连同时间，连同自己。

想起朋友常会说到的“放空”这个词，虽然不很贴切，但应该讲的就是这种情形。

记得，曾有段时间，每当我感到特别疲惫又顾虑重重的时候，就会出地铁站后，在天桥上面停留片刻，尽量任何事都不去琢磨。只是摩挲消失。着扶栏上铁衣的缺落，猜测着，其他人经过这里，是否也会抚着栏杆，稍作停留。放下了顾虑，也想起了许多。

虽然，有个盗版书商一定会老远地冷眼旁观，不屑一顾，然后端着书，喃喃自语，还以为自己是一尊夜幕下的佛陀。

有些谎话

若我正在说谎，请你也别急着去揭穿。

也许，我只想好过一点，抑或是让你好过点。

如果说，语言系统支撑了我们大部分的生活，那我猜，谎话一定在里面占了很大的比重。

“要去喝点东西吗？”“今晚恐怕不行，我已经约人了。”就在刚刚，一个谎言就这样在被窝里被我轻而易举地生成。那种熟练程度，自己都很容易当真。

类似的谎话，也许每天都会说上几次，或十几次。在女同事问及妆容的时候，在一些莫名其妙的人约饭的时候，在销售人员推荐健身课的时候，在七大姑八大姨乱操心的时候。

由此可见，适当地说些谎是多么重要和必要。

尽管有些人喜欢当即揭穿，可他们大概不知道，别人之所以会说这种谎话，除了出于自身的打算之外，很大程度上是觉得当下如果说了真话只会让场面变得很难堪。

我所理解的有些谎话，其实是有积极意义的，而“真相主义者”，特别像一个吃霸王餐的人，痛快之后，一抹嘴扬长而去，才不管别人死活。

就像很多事情，明知道答案却还是要问出来，无非是想要一个肯定而已。那我们给一个肯定就好了嘛，何苦让自己为难，又让别人纠结呢？其实，这和诚不诚实无关，当然，说成什么善意的谎言，那也未免太牵强。

搬家之前，我总去隔壁单元一家老两口经营的二十四小时营业的小超市去买东西，他们总是笑脸相迎，让人感到亲切。

那时候，我正在追一部小田切让主演的日剧《小小食杂铺》，里面的那个慈祥的老者对邻里十分友善客气，常让我想到楼下超市里的奶奶。

我有时写稿到夜里，脑子昏昏沉沉的，钱也不拿，两兜空空地跑到楼下买夜宵。老两口也是哭不得笑不得，直接拿给我，小来小去的也就不用我再给钱了。

其实，从家走出去不远就有一个很大的商场，周围的各种食杂店也不少，可每次路过，我都还是想着，要是没什么特殊需要的话，钱还是给老人家挣吧。

就这样，那个商场平白无故地流失了我这个潜在的消费者。

几个月之后，我搬家到了现在住的地方，不过也没远多少，所以，偶尔我还是会回去看看那老两口，然后，随便买点什么东西。老两口依旧热情招待，还会拉着我问些琐事。

上个月，快递员给打我电话，问我邮件要放到哪儿，我说还是之前的那个超市啊（因为我现在住的小区不收邮件，我又不喜欢寄到公司，所以，还是每次都让快递员提我名字，然后放在老两口那儿，毕竟，觉得有些感情）。快递员说，老两口不收。

“这怎么可能，我早前是和老两口打过招呼的，而且，以往每次去拿的时候，老两口完全没有什么不悦的反应啊。”

快递员又说：“其实每次把邮件放超市的时候，老两口都很不满，就是提了你，也没好到哪儿去，这次他们是说什么也不肯接收了。”

我打完这通电话，就在想，为什么我问老两口的时候，他们都满口答应，而实则大有意见呢。是因为，我不住在那边了，不能再经常光顾，还是压根儿他们就不喜欢帮这个忙，只是明面上不好直说而已呢？

原本我是有些不高兴的，但仔细想想，若非要取邮件，我又真的能做到经常三不五时地去看看吗？

想到这，我似乎感觉到了生活中的某种平衡，在这个平衡里有好有坏，有真有假，但总体是相对平衡地维持着现状，所以，一旦一方发生了改变，那这个平衡势必会被打破。

我们不适应这种失衡，所以才会经常说什么人走茶凉，物是人非。而我们自己又何尝不是呢？

小时候，老师常告诉我们说谎会伤害别人。而现在有时候，我们说谎，多半就是为了不伤害。

记得《请回答 1988》里有这样一句台词："不用非要在幸福的错觉上，浇上急躁的真相，有时错觉才幸福。"

我还在做电视节目的时候，我妈常对着一档脱口秀节目赞叹不已，然后问我主持人为什么那么厉害，我也只能笑说："要不然为什么说人家是主持人呢！"而当我妈好奇地问我一些制作相关的事的时候，我会给她讲，现场有几个机位，灯光是怎么打的，哪儿还藏着个摇臂，导演在哪儿盯场，知无不言。可我却从没告诉过她就在她最喜欢的那个脱口秀节目里，还有一个提词器的存在。

我不想让她知道某主持人，其实并不是洒脱地临场发挥，而只是在看着词表演。

我不说，我妈就会一直追捧下去，继续相信有人是如此地完美励志，然后继续把那些她认为主持人口中有价值的话和事发给我，督促我做到见贤思齐。这不是一件挺好的事吗？

说它是谎话，其实也不是。

我们有权以自己舒服的方式，或让别人舒服的方式去做一些事情。《康熙来了》结束录制的时候，蔡康永说：“直到这一刻，他仍希望所有被《康熙》陪伴着成长的人，都没有留下遗憾，希望在他们的世界里《康熙》就是他们所看到的、所想象的《康熙》，如一个以小S、蔡康永为核心的大家庭，而观众不需要知道那些关于NG、提词和其他意外状况的事。”

由此我想，可能有的事之所以有意义，是因为它本身就有意义，而并不是因为它趋近于真相。

记得有天早晨，雨下得不小，我随便拿了一把伞就匆匆地出门了。

到外面才发现，这把伞还是在上一个雨天，超市的老两口见我忘记带伞而送我的。伞架上用来修补的已经发黑的白线相互勾连，才得以让伞重新舒展。透过它，我仿佛看到了人的一生，真真假假，假假真真，有时我们自己也分不清。

而谎言也是如此，它是烈日下，我用来保护自己的面具，或许也是雨天里，当你在街头时，我送你的一把伞。

当“老炮儿”老了

时代如同一个巨大的沙漏，我们总是随着它流动、奔走。

没有什么固定的方向。

而那些被岁月覆盖住的沙石，却掷地无声，常被我们无视甚至忽略。

可它们存在，且曾闪闪发光。

(一)

1. 人在江湖，得讲规矩。

再看《老炮儿》，对它大致做个梳理。

“跟谁说话呢，你爸就这么教育你的？”要是你问六爷为啥跟问路的人都这么较劲？

六爷一定会说：“这 TM 不是较劲，是规矩!”

一身破旧但笔挺的黑皮衣，一只只会叫六爷的黑鹩哥和一根灰屑老长却懒得弹去的香烟，这就是六爷，人到哪儿，规矩就得在哪儿。

他有些颓唐，却铁骨铮铮。

你一定会想起，同样为华语口碑电影的《师傅》，同样是讲规矩，但我觉得《师傅》则略逊一筹。

开场前，六爷路见不平要求寄还身份证。闹市上，他与城管当众论理，替灯罩出气。赔车灯，跟弹球说一码归一码。救儿子，应下碴架豁去老命。类似的大量戏份儿架构起了电影的主要内容和六爷所坚守的规矩，因为曾经这就是所谓江湖的“仁和义”。

所以，即便是儿子被困迫在眉睫，六爷还是固守规矩，才会有了和焖三的一句：“先嗅了人家的蜜是不仁，又去划人家的车就是不义。”连和儿子喝酒，也要求杯子拿低点。

由此，规矩是通过人和事立出来的，而不是“满口千秋”装出来的。

对于规矩，《老炮儿》坚持到了最后，而《师傅》却跑了路。

《师傅》的最后一场戏，廖凡拳拳入肉，一战而霸，不是为了仁义却是为了活命，这违背了规矩，更违背了自己。

再看《老炮儿》，六爷忍受大辱，身患绝症，但他仍没有放下如他信仰一般的规矩。出于仁，不连累身边的兄弟朋友，出于义，应下了碴架，为了一口气，一人，也要背水一战。

刀锋一指，所向披靡。

六爷最终，倒在了颐和园后面的野湖上，但没人会忘记，同样是这片野湖，他曾拿着一把军刀在这里，以一敌十。

《师傅》里，廖凡逃了命，门派也丢了；《老炮儿》中，六爷不战而败，但却守住了他心中的江湖。

小飞说："我以为这样的人只有书里有，见到六爷，我信了。"

2. 人在江湖，得讲情义。

"我也不管你真假了。真的，就当给自己积福报了，假的，六哥也愿意。"六爷天桥下施舍郑虹的那场戏看似微不足道，却四两拨千斤，类似的场景还有跟兄弟借钱没借到，还给人家留下了两百块钱。

看到这儿，影院里的观众开始小声议论，觉得不真实。所以，六爷的那句："我顶看不上你那尿颠颠的二刈子样，你们这帮年轻人真局气。"还有那句："看见人家跳楼不但不管，还跟着起哄，你就是欠抽！"就是在讽刺一种冷漠，讽刺能让我们觉得真情很假的那种冷漠，讽刺我们习以为常又浑然不知的冷漠。

《老炮儿》里的爱情线则是我尤为佩服的地方之一，话匣子戏份儿不多，表现却极为精准。

“六爷起小看你就不是一般人，透着咱们北京丫头的机灵劲儿，招人待见。”“起小？你那会儿正眼看过我吗？”这是六爷和话匣子的激情戏里，除了激情以外，我记住的部分。一个是小姑娘，另一个就成了六哥，一个成了老板娘，另一个却又成了老炮儿。话匣子从未追上过六爷的步伐，但没人能抹掉他们彼此的情义。

《师傅》里不是说“男人打下的江山，女人要守住”吗？而《老炮儿》却更好地诠释了一种爱，叫作“你守你的江湖，我只守你”！

然而，就是这么年过半百却不愿认老，癌症缠身却血气方刚的老炮儿，对儿子却无计可施。

儿子离家，六爷管鸟叫波儿，嘴硬不想儿子，却买着东西去看儿子。

影片中，六爷三度流泪，一处是见到被困的儿子；一处是儿子酒桌上谈及自己的童年；一处是儿子把耳机给六爷置上。六爷墨镜一戴，老泪纵横。

但是，规矩撑起了江湖，情分却束缚了自己，太多压抑和情感，六爷无处宣泄。

只有，滑着冰，听着书，才是六爷最能找到自信的时候。

片尾，那只奔跑的鸵鸟也是极为精彩的一笔，那就是六爷自己，他挣脱束缚，找到本我。

但，在人群中是那么的格格不入。

3. 人在江湖，得会低头。

聊完六爷，聊聊冯爷。

顶着霾，二刷老炮儿，我在回家的路上，哭得难以控制。

有心疼剧中六爷的部分，有反思自己和社会的部分，更有心疼冯小刚的部分。

导演虽是管虎，但却充满了冯式幽默一贯的讽刺。

无论是对于人性的冷漠、情义的浅薄，还是自己的挣脱。

其实，冯小刚的上一部作品《私人定制》，我也看了两次，票房很好，却差评不断。

冯小刚一时间陷入了深深的郁闷。

这不得不谈及《私人定制》之前的，冯小刚了了 19 年前的心愿拍摄的《1942》，这部电影倾注了他所有的热情和爱，然而没能成为他的巅峰之作却让他赔了钱，丢了信心。虽然华谊“二王”愿意翻篇，但冯小刚是性情之人，怎么也过不去，心里窝着火。

为了补上欠华谊的票房，于是，《私人定制》剧本就这么在王朔家被聊出来了。

《私人定制》大卖，冯小刚却说这市场他不懂了，认真拍的片子，卖不好；随便攒出来的，却大卖。最喜欢的第二场戏，观众不买账，最后为了冲淡影射部分的狗尾续貂，却让观众满眼热泪。

然而，《私人定制》真是攒的吗？并不是，这些老牌导演的片子最大的特点就是，无论怎样，你都能看到里面的一种坚持。

《私人定制》大量的影射部分，当然难以过审。后来，通过《人物》的一篇文章才知道，是冯小刚拿着老脸自己去求情，才勉强删删减减地通过。

本来《私人定制》里有一句与《甲方乙方》里"1997 年过去了，我很怀念它"相呼应的"2013 年就要过去了，我有点害怕它"。就这样没有出现在电影里。

而欠下的这个人情让他变成了春晚的导演。

电影上映，与成绩相悖的是，《私人定制》的差评此起彼伏。可实话讲，虽然不及冯小刚其他影片地道，却也说得过去。冯小刚觉得拍电影这个事，他累了，准确地说是少了一股心气。

《1942》公映后一年，冯小刚凭借这部电影拿了最佳导演奖，可他却难以欣喜，正如《老炮儿》的这个金马影帝，应该也算是"有惊难喜"吧。

冯小刚的性格其实很像六爷，看不惯时，就可以成为中国电影史上公开指责广电的先锋；想安静时，就像住进了六爷的那条胡同里，外界听不到半点音信。

所以，冯爷六爷，又有何区别呢？

《老炮儿》结尾，六爷举刀奋进，却戛然而止。

小波开了“聚义厅”，有人不礼貌地问路，弹球想论规矩，却被小波制止。

这个结局就是最大的一笔讽刺，还记得焖三和龚叔都说过的那句“这个世界，不是小老百姓能想象的”吗？

我想，我想不明白，很多人想不明白，六爷想不明白，冯小刚也想不明白。

这世道怎么了？这人心怎么了？

这江湖就在脚下，为什么却踩不出半个屁来。

（二）

写完发完这篇影评，已入深夜。

一位导演前辈，看了之后，给我发来一条信息。大意是他对电影本身的看法有些不同，认为我对它评价过高。

我反问：“你觉得哪里有什么问题吗？”

他说：“几场戏有点刻意。”

我说：“嗯，但根据设定来看，也是说得过去的。”

他说：“你有没有想过这样一个问题，除了表层的道义以外，老炮儿他从头到尾的抵抗，到底是在抵抗什么。”

这句话，好像一盆水浇在了我的头上，不过我没回复。一个人坐着，又想了很久。

第二天，坐地铁的时候，我给我爸打了一个电话。简单地聊了一些彼此的近况。我爸因为看见我发的影评，而责怪我睡得太晚，然后又表示之前也看了《老炮儿》，觉得挺好的。

可能是职业病又犯了，我问：“哪儿好?”

爸显然提起了兴趣，话变得多起来。

虽然，“老炮儿”是从属于老北京胡同里的专有名词，但我爸觉得片子里讲的其实也是他们那代人曾经的写照。

他们从上学那会儿开始，碴架、惹事、叛逆，为了心中理解的道义，为了女孩儿，或者有时压根就是看谁不顺眼。

等到从部队转业回来，十七八岁，就更是透着满腔无处释放的热血和心气儿。就像当时崔健的摇滚一样。

纵使内心“一无所有”，但又都想在“雪地上撒点儿野”。

那种来自于那个时代和年纪的躁动，似乎和我们这一代人比起来，更反叛、更青春、更脱俗。

光是听我爸叙述，脑海中便浮现出场景，历历在目地起着风。

不过，其实有些话，理性来看，我会觉得过于偏执和狭义，不太认同，只是没说出口。

不管怎样，没有哪个时代的青春年少该被品头论足。更不该用对错好坏来区分。因为那才叫青春。

一直到挂电话之前，我爸还一再地对《老炮儿》和《老炮儿》所传递的精神表示赞许。我随声附和。

没一会儿，脑子里闪过了导演朋友的那句话："老炮儿他从头到尾的抵抗，到底是在抵抗什么？"

我坐在难得有空座的地铁上，忽然间，悲从中来。

好像明白了答案。

这样看来，好像更多的问题，都有了答案。

如果我爸也算作"老炮儿"的一员的话，那现在，显然他也在承受着作为"老炮儿"的副作用。

比如回想起来，我不止一次地劝过我爸，戒烟、戒酒，有些事不要太较真儿，我爸总说："你不懂。"而我则义正词严地反驳："什么不懂，好的保留，不好的就改变，这就是一个决心的问题啊。"每每到这儿，我爸通常不会再和我继续这个话题。

我爸抽烟的劲儿，好像一口就要抽完整根。喝酒就不用提了，不管其他人怎样，他永远"你随意，我干了"。

一副东北老炮儿的形象，大至若此。

其实这些时候，我都会留意我爸的表情，那绝不是“讲究”或“性情”就能解释的。很多其他的事，也是这般。

有时候，我能感觉到我爸对于社会的改变和世事的变迁，会呈现出一种无力和忍受的状态，但又总是在某些细枝末节上过分较真儿。

似乎，他心里很多“老理儿”在当下不灵了。

很多人都变了，而好像他自己却还活在那个时代。

只不过，“老炮儿”，老了。

后来，我不再三番五次地劝他，或是妄加评论。

很多事大概只有他真的想改变的时候才会改变吧。也可能永远不会。

换个角度想想，虽然我爸或者说很多父辈的人，在我们看来，在承受着某种副作用，执着于某些“公序良俗”。但不得不说，在这个时代下，他们也拥有着一样我们这辈人都不具备的东西——信仰。

可以理解成是一种原则，也是一种心气。

大年初二，我去姥姥家拜年。

我舅舅家的孩子——我弟弟，第一个冲过来抱住了我。

我给过红包，又给姥姥姥爷拜过年之后，我进了里屋。

靠墙的桌子上摆着一些杂书。

没错，我舅向来教育孩子都很得当。因此，我弟还在上小学，就看了不少书，显得比同龄小孩聪明得多。

一本《老炮儿》很显眼，瞬间进入了我的视线。我舅说："那本是我的书，我刚看完，结果你弟弟也看了。"

我说："哈，老炮儿看完小炮儿看。"

我弟也许觉得我在挖苦他，把书拿了回去。

我笑着说："王同学，那你给我说说，看完老炮儿，你觉得它讲了什么呢?"

我弟很自信地回答："不服就干。"

舅舅忍不住笑了笑。

原地旅行

在某个深夜里，无眠。

头顶的月光宽敞而亲切。

就像在为来时的一切照着光亮。

有一瞬间，你躺在世界的某个角落里，好像终于明白了。

所谓远方，也许只是步履蹒跚地原地旅行，朝着心的方向。

（一）

那年，兜兜十八岁。一个话不多的胖子。

春寒料峭，他躺在村头的一片荒地上，迎着太阳，望着一无所知的远方。

这片地，荒凉空旷。小时候，兜兜和同村的一些孩子常把这里当作摆脱管束的世外桃源。

村子的一切，不用费心去了解，太熟悉了。就像手中的硬币，兜里的弹球。

六七岁的时候，也是在这儿，兜兜曾满心疑惑地问过爸爸："前面是什么地方？"爸爸抬眼望去，没什么兴趣地回答道："前面就是村子外面！"

兜兜："再前面呢？"

爸爸："再前面就到镇上了呗。"

兜兜："再前面呢？"

爸爸："哪儿有那么多前面，再前面，我也没去过啊。"

显然爸爸觉得兜兜的问题，充满了小孩子的那种无聊和乏味。

但那以后，每当兜兜和小伙伴们玩累了，都会独自躺在这儿，倚靠在一片干草上，望着远处使劲地看使劲地想，好像这样会有什么收获。

直到上学后，"世界"这个词进入了兜兜的脑海，他好像得到了某种答案。

那会儿，课余时间，兜兜喜欢跑步、喜欢写字、喜欢看书，总之喜欢一切能让他和这个世界变得更近的东西。

不过，课本里提到的大部分事物，貌似都和这个平静的村子没有半点瓜葛。

所以，小学上完以后，很多小伙伴就不念了。等上了初中，还没毕业，几乎大部分人都选择了回家务农。

毕竟，在农村，人力是最值钱的。

家人也开始试着和兜兜唠这件事，但兜兜想都没想，歪着脖子，当即回绝。

“平时一有机会，就从学校溜掉去外面疯，按道理，应该对这个提议求之不得才对。”顺着这个思路想想，家人便很不解。

但毕竟家里就供这一个孩子上学，倒也还承担得了。加上，本身兜兜的成绩还是说得过去的，大人们就没再强求。

于是，初中顺利毕业，兜兜又如愿地到镇子里读了高中。这足可以让他在村子里的同龄人中耀武扬威，招摇过市。

但其实这也没什么可新鲜的。早在上小学的时候，兜兜就经常偷偷跑到镇里，只不过那时是为了打电玩。

尽管那时多数情况因为没钱，只能生看着别人玩儿。

所以当下，兜兜就特别认真地上课，不再到处跑，闲下来了就读书写字。尤其是当他发现自己除了读书写字以外，近乎一无所长。

日子飞流而过，如同村子里的那条小河，无人问津，却自顾自地昼夜湍流。

兜兜清楚地知道，高中毕业了家里一定不会再由着自己去考大学，因为这已经到了家人可供的极限。

四月的一天，兜兜收拾好了行李，又挑了一个好天气。盘算着，趁天气好提这件事也许会事半功倍。

兜兜的一个小学同学，前不久来学校找过他，声称自己在广西玉林，在舅舅的厂里做事，且混得风生水起。拍着胸脯邀兜兜来玉林一同发展。

其实，那人没费什么劲，兜兜就动了心。因为他想从这里出去，一直都想。他觉得，也许，这是个机会。

关于这件事的讨论，兜兜还没有说清楚，爸爸就表现出极力反对的架势。

不光是爸爸，没有任何人觉得兜兜该离开这里。

兜兜被警告如果再提此事，就连家门也别想出。

事情果然进展得不顺利，虽然那天，天气晴朗得很。

那天下午，兜兜满心烦闷，又来到了村头的那片荒地上，迎着太阳，望着一无所知的远方。

他感觉，这片地，能被他一口吃掉。

（二）

天刚微亮，天空还是笼罩着一层黑纱，这让人期待着太阳升起来时的那抹光亮。

兜兜一夜没睡，思绪万千。

喝了口水，其实是一整杯。然后忽然起身穿好衣服，粗略地收拾了一些东西，又留了一张字条。

兜兜提着一口气，头也没回，悄悄地踏上了他的远方。

没有人送，也没有人赞同，这让兜兜看起来有些狼狈，但他不这么觉得。

路上，只有兜兜一个胖胖的弱弱的身影。

他不停地给自己打气，边走边哼着："沧海笑，滔滔两岸潮，浮沉随浪，记今朝。"还以为自己要独闯江湖，浪迹天涯呢。

第一站是县城，从小一块儿长大的堂哥小利正在县城读高三。

小利成了兜兜的加油站。听了兜兜的打算以后，也没再多问，翻了翻自己的衣服和裤子，把大票都塞给了兜兜，又领他补了早饭。

胡辣汤加小笼包，还没饱。又绕到县城北关那家一年到头排队的烧饼铺，排了半个多小时的队，买了六个烧饼。

兜兜正吃得起劲，令他没想到的是，小利的苦水竟倒在了他前面。

小利不确信以他的成绩能够上几本线，更不知该怎么选专业。

但兜兜现在心里满是美好憧憬和规划，他根本听不进去这些。

小利帮兜兜买了晚上的火车票，很有大哥风范地答应了在那之前，要大吃一顿，为兜兜饯行。

傍晚时分，小利还真的又叫来了三个同学，大张旗鼓，搞得有模有样。说是饯行，可没多久，小利却和他的几个同学彼此互诉心事，先喝得起了兴。一箱啤酒下肚，全然忘了兜兜。

电线杆子旁，四个人哇哇吐。兜兜看着他们无计可施。

去玉林的火车要倒两次，全程三十多小时。最省钱的办法，是从衡阳转车，不过要在火车站等十八小时。

在那十八小时里，兜兜把可以想的事情想了个遍，包括未来，包括看到字条绝对会恨透了自己的父母。但这却没消磨掉多少时间，只好把从小利那拿的一本《三个火枪手》翻了两遍之后，他又给马上就要上高考战场的小利写了一封悠长的打气信。

接着，吃了两份凉粉，三份素豆腐，一份荷叶包饭。

后面的时间，缓慢至极。

四月的天气还很冷，甚至看得见哈气。兜兜长舒了口气，瑟缩着，四下望望，终于辗转到了玉林。

那是他初次离家在外。

同学如约来接站，但都顾不上寒暄几句，直接就把兜兜拉去了厂里负责给新人培训的课堂。

还有另外几个同学竟然也在。兜兜感到惊奇。

课上，劳顿的他听得振奋，顶着兔子眼，但没过多久，又觉得陷入了某种荒诞的循环。

兜兜想要透个气，但同学并不允许，之后兜兜又一再地示意还饿着肚子，同学才急火火地拉着他去街边吃了一碗狗肉米粉。

昏天黑地，兜兜捂着鼓鼓的肚皮，看着一旁正看着他的同学。心想："唉，进了传销窝子了，这可咋办。"

（三）

关于传销，当天课上，兜兜就知道了。

开始的时候，兜兜也表示了抗拒，但后来发现形势不太对劲，就只好先假装同意了。

之后的若干个白天里，兜兜还是要装作一副深信不疑的样子，因为他知道，在这里，只有被洗脑的人才是最安全的，哪怕只是他们认为你被洗脑了也行。

前期，主要就是向大家推广一种可以做脚部理疗的仪器，贵得离谱。先让大家买，然后再发展下线，也继续笼络人过来。

这期间，除了“上课”和“工作”以外，兜兜没有任何机会接触外界，饥一顿饱一顿，更不要提和家里取得联系。

就算上厕所也至少要一人以上三人以下随行看着，与软禁全无分别。

夜里的大会上，兜兜激情澎湃地喊过了口号，表过了忠心。然后躺在坚硬的床铺上，大脑空空。

害怕也有，难过也有。

但兜兜没有怎么想家。

转眼，几个月过去了，一直弄不到钱。但兜兜表现出的忠实（伪装），取得了同学和几个高层的信任。

终于获得了批准，三不五时地有机会单独外出采购物品。

走出这栋楼，他仿佛呼吸到了一种久违而美妙的气息，但他知道这是多么的偶然。像一个被判了死缓的犯人看着头顶的云。

前所未有的惶恐占据着兜兜的大脑。

那时的他没看过《肖申克的救赎》，更没看过《越狱》。

但就在 2000 年元旦前的一天夜里，兜兜拼死一搏，带着几个同学，跑了。

他用尽了所有的力气，就像一路都有追兵一样。但这会儿，兜兜却忘了唱《沧海一声笑》来给自己打气。

跑了大概一个多小时，进了城区，才确定安全。

但以兜兜为首，他们觉得既然已经到了这个地步，不能就这样回家。

两男两女，筋疲力尽，凑了凑身上的钱，还够四个人的火车票。

（四）

钟声敲响了新千年的夜空，但火车上，他们酣睡成了一团。

直到第二天的中午，几个人才逐一苏醒。像久经冬眠的四只土拨鼠。

阳光从车窗里缓缓飘过，他们知道新千年到来了。四个人恍惚地发着呆，看着窗外，看着彼此。

在此时热闹的车厢里，显得格格不入。

直到下午，他们才想起应该庆祝庆祝，为顺利逃亡，也为了以逃亡为起始的新的一年。

大家把钱都交给了其中的一个男生，叫他去买了几罐啤酒和一些零散的食物。

难兄难弟，终于打开了话匣子，缓过劲来。

刚好经过的列车长貌似被这种年轻的气氛感染了，干脆坐下来也喝了一罐啤酒，听着这些事，强烈表示同情，却也明嘲暗讽。但大家聊得还算开心。

一切仿佛在这一瞬间，开始柔软了起来。

傍晚，四个因为喝了一点酒而倚靠在座位上的年轻人，一一被列车员叫醒，验票。

从困意中惊醒，四个人急忙地摸索着，却有两人怎么也找不到票了。即便是，寻遍了所有票可能会钻进去的地方。

列车员还算客气，心平气和地要求补票。兜兜灵机一动提议可以请那位曾相谈甚欢的列车长来为他们做个证明。大家都认为是个好主意，列车员也没有阻挠。

等列车长来到他们的座位旁，看了看四个年轻人，却面无表情，表示根本不认识这四个陌生的年轻人，要求马上补票。

四周的乘客都看见了，却默不作声，有的直接把头转向了窗外。

兜兜看得真真切切。

四个人只好再次把钱都凑在一起补票。

钱都放在了之前去买食物的人身上，可在大家把希望的眼光都投向他的时候，他做了一个掏兜的动作，然后两手空空。

“钱丢了，好像被偷了。”

所有人都像疯了一样。兜兜看过的电影不多，但他觉得现在自己就像在电影里。

双方僵持着，大家面临着再不补票就要被赶下车的局面。危急关头，还是那个人，不知从哪又拿出了钱，做大意状。

补了票，幸而有惊无险。

兜兜有些恍然。但他没有力气在心里再画一个问号，就算答案显而易见。

好在，自己没有以这样的方式与首都会面。

阿弥陀佛，万幸啊，万幸。

任丘到了，这才是大家真正的目的地。

有人在这有亲戚。

但四个年轻人却最终因无法统一意见，而分道扬镳。

兜兜自告奋勇，陪着其他三个人找到了“饭碗”以后，装着仅剩的十几块钱，也终于在夜色缓缓降临的时候，找到了一家面粉厂栖身。

他给家里打了一个电话，编了些事，又挨了顿骂，但只要家里知道自己还活着就好。兜兜是这么想的。

做馒头，卖馒头。虽然没什么工资，但至少吃喝住宿有了保障。

偶有闲暇就买些刊物来读，或是随便写点什么。劳累让他记不起一路的种种。

他为此而庆幸。

直到过阴历春节，兜兜觉得自己一直在面粉厂也不是办法。

想到自己的姑姑还在上海，可以先投奔，然后再做打算。于是辞了工作，又去了一家洗浴中心做了三个月服务员，攒够车票钱之后，当机立断地跑到了上海。

其实，在这三个月，兜兜喜欢上了一个女同事，但他知道自己的处境是无法谈恋爱的，于是他保持着暗恋，直到那个女同事名花有主。

到了上海，兜兜发现无论如何也联系不到姑姑。但兜兜不想去问家里这些事，其实是没脸。于是，只好又进入到了漫长的找工作模式。直到兜里的钱花得所剩无几。

最后实在走投无路，他试图跟在洗浴中心玩儿得不错的几个同事借钱救急，但却被一一拒绝了。最后，还是一个他都没怎么抱希望的大姐借了他两千块。

来上海的第二个月，兜兜终于找到了一份可以保障生活的工作，在一个工厂里当小工，算是基本稳定了。

但 2001 年春天，他又被派去了福州。

兜兜离家时满心的冲劲消耗殆尽。

他真的觉得累了。无论是对那个心里的远方，还是周遭的一切。

他甚至开始怀疑那个远方是否真的存在。

（五）

一晃，在福州待了四年。

平静又沉寂，兜兜由小胖子，长成了大胖子。

由少不更事变成了满目风霜。只不过，还是没什么钱，也没有女朋友。

他只有上百篇文字，包括诗歌、散文随笔和中篇小说，仅此而已。

他没有间断过写作和投稿，还真的有一些文章被几个刊物采用、刊登。

兜兜珍惜着当下这份微弱的平静，和生活里他唯一能抓住的快乐时光，日复一日。

谈不上幸福，但也知足。

直到某杂志社的主编看见了他发表的那几篇文章，很感兴趣。当即决定找到他聊聊要不要来北京。

电话响了，兜兜踩着拖鞋，叼着泡面里赠送的叉子，困意未消。过去的几个月，他听了太多的投资理财、移动公司、信贷业务的电话。这很讨厌。

就在兜兜确切地听到了对方的身份和来意时，兜兜先是一愣，然后把电话拿到了一旁，眼泪再也止不住了，如积攒了数年的暴雨，滂沱而下，他拼命地拿叉子扎着自己的胳膊，捶胸顿足。

2005年年底，兜兜到了北京。

拖着两个大箱子出了车站，在熙熙攘攘的人群里，兜兜抬头望着北京站这三个大字，唱了句："沧海笑，滔滔两岸潮，浮沉随浪，记今朝。"

后来，身为大龄北漂的兜兜，自然又经历了很多生活的压力和变故，可他却再也没有失去信心过。

他从未如此坚定地认为自己与"那个远方"近在咫尺，触手可及。

如今，兜兜已然成了某主流杂志社的骨干编辑，自己也出了两三本书，同时长期为多个刊物撰写专栏。

他在五环买了房子，娶了一个漂亮的老婆，还生了一个可爱的公主。

说起来，我们是两年前认识的，因为很聊得来，他又比我大十岁，所以兜兜就成了和我关系特别铁的一个兄长。也在写作上给了我不少的启发和提点。

记得就是去年的圣诞节前后，有次我俩出来吃饭，他和我聊起了这些经历和旅途，我听得入了神，下巴都要掉下来了。

末了，我总结了一句：

“人啊，其实永远都骗不了自己的，一旦有了某种信念以后，无论命运怎样兜兜转转，最终也还是会回到那个灵魂深处心心念念的地方，如同原地旅行，即便只是奋力朝向它。”

兜兜听完这话，打趣地说道：“又来了，又开始瞎文艺了是不是。”

我无奈地举起酒，苦笑着自罚了一杯。

他则用胖胖的脸，收敛着含蓄的笑容，然后默不作声，夹了一口他最爱吃的红烧武昌鱼。

/ 第四章 /

梦醒时分 曾是少年

童年往事
——缩影

不知从什么时候开始，我们变得喜欢自我对话，喜欢瞻前顾后，喜欢用回忆来作为最舒服的叙述方式。

我常听一些老的唱片，猜测时光可以折返，看一些旧的照片，臆想自己还是往日的少年。

但转念又想，何为青春，何为年少呢。如风中羽、如指间沙。

与其重新来过，倒不如，就让它如斯而过吧……

（一）

老家，一年一个样，变化得让人不敢眨眼。人多，车多，也开始有了大城市里的一片片霓虹。以至于让我有时候不敢相信，这个城市，曾经真真切切地发生过我的全部童年。

人来人往，吵吵闹闹，熟悉了这样的生活。梦醒时分，反而我会经常怀念那为数不多的年少光景。

我生在北方的小山城，通化。

浑江岸边，一个四世同堂的四合院，成了我第一眼望到的世界。

事实上，五岁之前我都是在这里度过的。

热烘烘的火炕，坚硬却很养人。只有一人来高的院墙，上面爬满了牵牛花。墙根儿的豆角架，太爷很爱在那晒太阳。别看不大的地方，却种了很多菜，连着一些后起的野花一并生长。

杂乱无章，却也葱葱荣荣，透着一种让人舒服的茂盛。

我一周岁生日时，可把家人忙坏了。添置酒菜的添置酒菜，打扫院子的打扫院子。得赶在邻里亲戚们过来之前，张罗好酒席。

当然，按习俗，“抓周”也是必须进行的。

我妈曾一度认为，它对于我的整个人生，起到重大的作用。

我被放在一个簸箕里，眼前摆放着大葱、钢笔、戳、算盘、书之类的几样可以代表职业属性的东西。

抓了大葱，就是农民的命，抓了戳就是官命。

还有一个被叫作“举子”的类似于馒头的东西，两头分别有一个小揪。据说，抓了它的孩子就像被老天爷“举着”一样，好养活。跟有些农村的小孩取名叫狗蛋、铁柱的功效应该差不多。

如果命运真的就在那一刻被决定，现在想想，还真的是要倒吸一口冷气，很后怕哩。

别看炕上被堆得乱糟糟，但大人们紧张的神情，足以说明他们对这件事情的重视程度。

所有人的目光都在我身上，等着看我先去拿哪个，就像看动物园里的猴子。

我笑着，想都没想，爬过去，就抓了“举子”。

“快看，抓举子了。”

不知哪个亲戚这样大喊了一声，好像中了六合彩一样。家人们喜出望外，悬着的心终于放了下来。

接着，我一手拿着“举子”，另一只手又伸了出去，几经周折，一把握住了钢笔。家人又大笑了起来。

“钢笔，钢笔。”

“写字好啊，写字的将来不用出力。”

可直到今天，我十分想告诉他们，写字真的是个体力活。

（二）

在还没学会走路的日子里，炕就成了玩耍的主要阵地。醒了就玩玩枕头里掖着的胶皮球，玩儿累了就原地打盹，直到日上三竿。

日子就这样被我，过成了一只猫。

等到学会走路时，我遇到了个棘手的问题。

院子里的铁门总是挂着门闩，我经常想象着门外的世界，但是却怎么也够不到。

好在踮着脚用木棍，能挑起一块铁皮，冥冥中，感觉不大的豁口处别有洞天。

能看到瓦墙、屋檐和偶尔经过的人，不陌生，却有一种吸引力。

周围邻居家的几个大孩子总是三五不时地凑到门口，透过那个小豁口逗我玩儿，说着我听不懂的话。

我就在原地仰头看着他们，直到他们觉得实在无趣，从我的视线里消失。

但有一次他们真的把门给弄开了，把我带了出去。

走过间距很短的胡同，踏过坑洼的泥地，就到了坝上。

那是我第一次清楚地看着脚下的浑江，很宽，很长，穿过了铁轨和两旁杂草垒起的小岛。

但不知什么时候，妈妈从后面跟着跑了过来，一把把我抱在怀里，那些孩子怕被训斥，很快地跑开了。

我在妈妈怀里，身不由己地朝着家的方向移动。而眼睛却一直盯着那片新鲜而清澈的天空。

（三）

在无法出门的日子里，太爷就成了我最好的玩伴。

家里，谁也不敢惹太爷，太爷脾气很大。

听爷爷说，太爷是地主家庭出身，到老了也还是有些“爷”的做派。

所以，这就不难理解为什么太爷一把年纪了却还是闲不住。总得出去串串才舒服，每顿饭都得“整点儿”小酒好像才有滋味儿。

缺了几个碴的老蒲扇，还有那个纹路都快看不清了的紫砂壶，可都是太爷的爱物，绝不能离手。或者说已经成了太爷的左右手。

老蒲扇一扇就扇走了不知道多少个夏天，而他那把紫砂壶里的隔夜茶，一喝就是一辈子。

谁敢惹太爷，还反了？

嘿，我敢啊，经奶奶证明，我是第一个敢“未经批准”直接跑到太爷屋子里，又是在猛虎褥上跳，又是偷茶喝，而太爷还不生气的人。听说，爸爸小时候，也有过这么一次，但却被太爷连训带赶地撵出了屋，差点挨顿打。

这个道理我懂，老话说隔辈亲嘛，这隔两辈那就更不用说了。

太爷清早就在院子里预备好了一大铁盆的水，到中午的时候，被烤得温热，却不烫人。

这就是我的洗澡水，太爷很乐意伺候我洗澡，现在想想真的大有福分。

我扑腾着，水都溅在了太爷松垮的白背心上，他也不生气。我要是实在闹大了，他就轻拍我一下，然后接着看我扑腾，我笑，他也笑。笑得露出了两颗参差不齐的板牙，在阳光下，散发着岁月的金黄。

这样的日子，我曾以为会有无数多个，想象着仿佛只有自己会长大，而时间一直乖乖地没有动过。

1998 年，通化发了大水。

其实，涨水倒是常有的事，大家并没在意。

可经过连日积攒，江水转眼就要漫到了坝上。直到有的人家，水已经开始从炉子里往外蹿，邻里间这才开始惶恐起来。

还好，当时正赶上爷爷的厂子分了家属楼，我们一家人这才终于有了栖身之地。

但因此，我们也不得不选择搬离老院。

我妈回想说，搬家那天，没有人顾得上管我，所有人都在院子里忙活着搬家的事，因为，已经到了刻不容缓的地步。

而就在这种紧张的气氛仍在蔓延的时候，我从里屋不慌不忙地走出来，跑调地唱了句：“妹妹你坐船头，哥哥在岸上走。”

那是我人生中第一次真正意义上的唱歌。

正在门口干活的我妈和我爸听到以后十分震惊，然后相互对望，苦苦一笑。

但那时的我并不知道，我人生中连成句唱的第一首歌，并不是用来表演，而是用来告别。

（四）

搬家后，两居室的房间显然不够用，爷爷又找工匠在家里隔出了一间小屋给太爷。

因为是六楼，所以太爷出去遛弯儿就变得很不方便，而且四周都是楼也没什么可遛的。

太爷当然不适应，连话也开始变少了起来。

只有我到他那小屋撒会儿野，他才会笑笑。太爷像一个老小孩儿，如果特别高兴了，还会背着家人偷给我烟袋锅抽。

但这种时候，毕竟不多。

离开老院的第二年，太爷去世了。

太爷不行了的当天，家人抬着太爷去抢救。我还积极地去搭了一把手，但家人不让我碰太爷。

那时候，我对死一无所知。

直到在没有看见太爷的数月后，太爷的那间小屋被拆了，我突然好像懂了什么，流出眼泪。

如今，每当我提起老院的一些记忆，奶奶就会拿出一个旧影集，里面都是老院的照片，而有一张照片总能瞬间抓住那个心灵深处的我。

照片定格了这样一幅画面。豆角架被阳光包裹了起来，野花分外鲜艳，我坐在前面的一个大铁盆里，太爷正在给我洗澡。

我扑腾着水，太爷也笑，我也笑。

那是一种让人舍不得忘记的表情。

而其实，很多当时的事情，太详细的，我根本记不得了，或是很模糊。有些如果家人不提，我也很难知道。

但这张照片的场景却始终在我的脑海里，它承载着一个老院里的孩子还没有做完的梦，也成了我为数不多的童年里，一个流光溢彩的缩影。

童年往事——旧梦

（一）

大水最终并没有漫过江坝，更没有淹到老院。老邻居们又恢复了往日的生活。

只是我们离开了。

没多久，一个远房的舅舅，他们一家搬过来，接替了我们。余下的屋子都租给了几个做烤鹅生意的南方人。

如此，老院又有了新主。

但那时候，基本隔几天，奶奶就会领我再回去看看。

院子里，豆角架不见了，野花也不见了。取而代之的是三四个大盆，一根胶皮管子，和满地的脏水。

男人坐在院子当中，边冲洗刚杀好的鹅子，边将内脏分出，放进一旁的塑料桶内。

水不断地从桶里溢出来，不过，男人才没时间顾及它。

我蹲在地上，低着脑袋透过胯下看，院子里的小河，蜿蜒地在缝隙里流淌。带着点奇怪的味儿。

有时候，我还会偷偷地溜到里屋，从蒸鹅子的铁锅旁，顺手牵羊拿一些长羽回去做笔用。虽然，我被警告了数次，但我知道，每次少拿点，没人会怪罪。

我刚蹑手蹑脚地从里屋探出头，就看见了院子里，奶奶正在埋怨着那个烤鹅的男人，甚至一度拿出了老街道主任的气势。但我分明能感觉到，那种气势因为没有充足的理由，而变得有些力不从心。

那人也是真能折腾，硬是在茅房前，挨着墙的那一大片地方搭了个棚子。好好的仓房，如今变成了二三十只鹅的窝棚。

而舅舅也不甘示弱，在铁门边，架起两层兔笼，里面的兔子大小也有七八只，与对面的窝棚势均力敌，隔“河”相望。

其实，我知道，看到这个场景，奶奶心里不舒坦。

毕竟，在她心里住着的，仍是那个满地阳光，葱葱茏茏的老院。

而我也是。

（二）

实际上，自打搬家之后，每次都是顺便去老院，而看望太姥姥、太姥爷才是主要的。

太姥姥家和老院距离不远，只隔着几排矮楼，但是个小平房，比不上老院子，也没什么可以耍。

但人总是会伴随着成长而对嗜好有所改观的。

我的兴趣不再停留在花花草草，转而爱上了舞刀弄棒。

太姥姥家的柴火垛，成了我的兵器库，再加上那个年纪独有的想象力，于是，木棍就变成了打狗棒，斧头就变成了萱花斧，而锤子则成了我的雷公凿。

后来，我又在装柴火的小黑屋里，机缘巧合地发现了一个宝藏……满满一箱我爸小时候偷攒的小人书。

这个情节，就像武侠片里，英雄都是要坠落山崖，然后身处某个绝境才能得到武林绝学一样。这些小人书就是我的武林秘籍。

我总是闭着眼睛，随机摸出一本，然后就照猫画虎地提起兵刃开始操练，有模有样，一副欲与天公试比高的样子。

直到有一次，我意外地摸出了那本《那不勒斯大兵》，看着封面上凶神恶煞、面目狰狞的巨人，我咽了一口口水，望其生畏。只好乖乖地把它放在别处，将它视作了禁书。

关于“练武”一事，奶奶经常对我横加阻挠，生怕我伤了自己，或捅什么娄子。但太姥爷却很支持，每次我在小院里练武，他都笑得合不拢嘴，直竖拇指。

比起奶奶，太姥爷似乎开明得多，有时，这会让我想起太爷。所以，我们自然很亲，太姥爷总是先伸出大拇指然后再比个小拇指的跟我说道：“要好好学，做这个，别做那个。”

我虚心接受，其实，在某种程度上，已经把太姥爷当成了太爷。

现在想来，那真是一种温暖而微妙的延续……

可大概我小学三年级的时候，太姥爷生了场病，病愈后，精神上就出了点问题，总是喜欢在外面捡东西回来。

有一次，真的给太姥和奶奶吓坏了，太姥爷为了捡一个他也叙述不清的东西，走进了大江里，险些出事。等太姥爷自己找回家的时候，全身已经湿透。其实，他已经有点糊涂了。

等到了我四五年级的时候，去看望太姥姥、太姥爷的次数就变得很少，而每次去，心里都酸酸的。尤其是看到太姥爷因为做了些糊涂事而被奶奶训的时候。

其实，我很理解奶奶，当然，也很理解太姥爷，那时候，才终于明白了，为什么都说人越老其实越像小孩儿。

上一秒，太姥爷还可怜兮兮，下一秒，就趁奶奶不在，把我拉到一边，去欣赏他那些得意的收集。

太姥爷攒了好多有人物图案的食品袋，叠得整整齐齐。我一来，他就如数家珍地拿给我看，说是给我攒的，问我要不要。

那种神情，我很难拒绝。

还有每逢过节，太姥爷喜欢所有人都在他身边坐下，可又表达不清楚。大家都在饭桌上张罗着，不肯坐下，他就会难过地在一旁哭。大人们不解其故，但好像那种感觉我懂。

后来，太姥爷的病情越来越严重了，甚至到了有时会不认识太姥姥和奶奶的程度。这让我很害怕。

记得，太姥爷生日那天，我曾把一个用来装饰蛋糕的老寿星偷拿到院子里，然后，跪着给他磕了几个头，求老寿星能保佑太姥爷恢复如初。

但该来的迟早还会来，没过多久，太姥爷就卧床不起，神志不清，只能靠注射营养液维持生命。

太姥爷基本已经不能说话了，家人轮番去照顾，也不太认识人。

可后来我去看望他，他却认出了我，甚至扶着炕艰难地坐了起来，用那只瘦骨嶙峋、被针扎得都黑了的手，比着大拇指和小拇指，声音微弱地对我讲：

“要好好学，做这个，别做这个。”

听完这句话，我心都要碎了。

那天快回家的时候，夕阳西下，我一个人站在小院里，看着消瘦的柴火垛，看着那一箱小人书。

瞬间，泪流满面。

（三）

又过了几天的工夫，我还没有来得及看太姥爷最后一眼，太姥爷就走了。

而太姥姥则被接来跟着爷爷、奶奶和我一起住。但从她的脸上我看不到太多的难过。

太姥姥是个要强的女人，很不愿意给别人带来麻烦，每天都给自己收拾得很干净，花白的头发很规整，不离身的毛马甲也显得十分庄重。

但太姥姥却有些小毛病经常会被奶奶训，就像那时候奶奶训太姥爷。比如随地吐痰啊、爱管闲事啊、吃饭时喜欢张罗啊，等等。

可不然又有什么办法呢。太姥姥九十岁的高龄，很多事情真的已经无法沟通清楚，或让她从老规矩里做出改变。

其实，这个时候，太姥姥就是老小孩儿，需要你明确地告诉她什么对什么错。

太姥姥也许并不能理解，奶奶那些看似严厉的训斥翻译过来其实就是“希望妈妈好好当个老人，只管享福，不必再乱操些没用的心”。

不过正如我们小时候对待家长的策略一样，太姥姥才不听奶奶的，你说你的，我做我的，甚至有时还故意做出些举动气奶奶。

但看到奶奶自己坐在厨房里生气，太姥姥又会过去轻言轻语地哄奶奶，问要不要吃这，要不要吃那。

奶奶经常会被太姥姥这种逆龄的举动给逗笑，可笑着笑着，又难以掩饰心中的难过。我知道奶奶很用心，也很疲惫。

似乎所有人都忘了，她也是个老人。

再后来，我上初中，我们从厂家属楼又搬到了另一个相对更好的小区，太姥姥跟着享了几年的福，就也离开了。走的时候非常安静，如生前一样没有给谁带来麻烦。

有时候会有人没大没小地问奶奶想不想太姥姥，奶奶很坚定地说“不想”。可自己又忍不住叨咕。

虽然不该这么说，但老人的去世，和我上大学这两件事，终于让奶奶得以从又是子女又是家长的身份中脱离出来。

这是一份她早就应得的优待。

现在，过年过节，奶奶总是最后一个上桌，任凭大家劝也没用，好像一定要在她老人家的张罗指挥下，大家才能吃好似的。那种执拗劲儿，和太姥姥如出一辙。

我想，也许这就是生命最本真的延续。

（四）

工作以后，回次家就变得不容易，而每次回去，我都会为这个城市的变化之快而感到些许的不适。

去年十一，有天中午，爷爷突然告诉我说老院那边动迁了，给家里分了两套房，想带我去看看。

这毕竟算好事，我满口答应。

沿着熟悉的方向慢慢走着，一路上，我的心情却跟着浮浮沉沉。

所经之处，曾经那样的熟悉，而此刻对我而言，竟是从一处陌生到另一处陌生。

我们之前住的老六楼被层层翻新，我几乎不认识了。而离家不远，爷爷工作了一辈子的配件厂大院也面目全非，如今，已然建成了一个崭新的小区。

大概二十分钟，我们就来到了坝上，爷爷正和一个工头聊着交房和工期的事情。

趁这个间隙我努力地寻找着一些记忆的起始，却发现无迹可寻。老院、太姥姥家和邻居们，已经完全消失了踪影。

坦白地讲，那会儿我真的很难接受。

就在被忽略了的那些时光里，我的童年竟然就这样无声无息地被夷为了平地，数十栋二三十层高的建筑物覆盖其上，压得它动弹不得。

好像，只有脚下那一条孤零零的浑江可以见证某些日子曾真切地发生过。而现在又好像根本什么都不曾发生。

我想起了那本我买了很久但还没来得及看的《世界与你无关》。此刻，我的心情和这本书的名字十分贴切。

未来的尚未到来，但过去却早成过去。走在人生的路上，我们无论是仍在做梦，或是已从梦中幡然醒悟，回身的时候，都会发现，这个世界好像永远都在趋于与你无关。

回家时，我和爷爷走的是小路，经过了一个叫作吕家浦的地方，记得小时候凡是奶奶领我去太姥姥家，都会走这条路。

杂草丛生，屋舍拥挤，大家坐在院子里东家长李家短。如今，依旧保持着这个景象。但这又被四周的高楼包围着，显得孤零零的。

听爷爷说，这里原本也该动迁，但大家说什么也不肯迁走，政府强拆了几处后，也并没有起到震慑的作用。所以在无计可施的情况下，只好暂且搁置不理。

虽然，我知道大家本不该如此，更没有可能因此而取得最终的胜利，但我由衷地理解他们。

因为我和他们，又何尝不是一样的心情呢。面对着这座飞速发展的城市，想要留住最后一点来时的印迹和念想，但又手足无措。

其实，所有不入时宜的想法，不过是想守住那其实早已失守的旧梦而已。

如同这些年，身在他乡的我总会在那么一个阳光正好的下午，没有琐事，音乐轻柔，一觉就睡到了小时候。

而在梦里，我是我，一切还是一切。

甜蜜的洗衣粉

特别喜欢《阴天快乐》里陈奕迅唱的那句："原来我忽略的，如今想纪念也没用，那些时光的因果。"

诸如我相信，万事万物都会有一个合适的交代和回应。

嗯，不必对未来望眼欲穿，你就是你最好的答案。

（一）

红蓝相间的羽绒服，并不保暖，尽管带上了帽子，风还是嗖嗖地往里灌。

因为发烧的缘故，我感觉自己的两个脸蛋涨得难受，可站在晶莹剔透的"长城"上，望着眼前闪闪发亮的各式冰雕，心里却还是美开了花。

那是我人生中第一次发现难受和开心是可以共存的。

这种感觉，来自 1999 年的哈尔滨。

记得那年冬天，去哈尔滨的时候，我刚六岁。

直至傍晚火车才到。因为还没吃晚饭，下了车，来接站的姑姑便带着爷爷、奶奶和我找了一家餐馆。我吃的是粥，忘记是什么食材的了，但在长途跋涉的冬天里却格外的暖。

餐馆里，一首动人的歌曲循环播放着，舒缓轻柔，能直接唱到人的心里。以至于，吃完那顿饭，我就已经可以大概地哼唱了。印象中最深的是那句："在哪里，在哪里见过你，你的笑容这样熟悉，我一时想不起。"

后来才知道，这首歌就是邓丽君的《甜蜜蜜》。

在姑姑家一住就是大半个月，白天她去上班，哥哥去上学，我就只能自己和自己玩儿。从这屋到那屋，感觉什么都特别新奇，什么都想拿来翻翻。

但我最感兴趣的是姑姑家的味道。

那种洗衣粉的味道，老家没有，闻上去会让我想些未来的事情，比如，是否有天我会到一个像这里一样的陌生城市，以及是否每个城市都有自己独特的香味。

在无比寻常的大半个月里，我有了很多发现，但又像什么都没做过，好在我们去看了冰灯。这对我而言绝对算是一个值得炫耀的世面。但那天我还发烧了。

临走前，姑姑送我了一个小熊音乐盒，算是做纪念。

回到老家后，每当音乐盒响起，我就会想念在哈尔滨的那些天。不过仔细想来,其实也没什么特殊的记忆。好的坏的都算。

冰雕算是一个，小区井盖里涌出的“赃物”也算一个。当然，我偷了哥哥的小变形金刚，这倒是个值得窃喜的收获。

但随着时间的流逝,更让我怀念的,却是那个洗衣粉的味道。因为那种味道好像可以诠释成一种遥远和未知。

所以，打那以后我就盼着姑姑和哥哥回家过年，欣喜之余，我能隐约地感觉到那种熟悉而又陌生的味道。

我也盼着，可以有机会再去哈尔滨。直到上了小学我都还没有放弃这个念头。

其实，家里还真的有几回张罗着让我再去玩儿一次。我更是提前几天就会开始兴奋，规划着要去做的事情，可每次正当我感觉自己的一只脚都已经站在哈尔滨的时候，我二姑家的堂哥堂姐就会捷足先登。

这是我们家的一个传统了。因为我们家里我是孙子，所以家人认为我已经得到很多宠爱，在这种事情上必须要让着哥哥和姐姐，就像，每次在家里几个孩子闯了祸，奶奶从来都是不问缘由，直奔我而来。

实际上，那时候我是能够理解这点的，可次数一多，当然心里也不好受。毕竟每次我都是那样地期盼和兴奋。

后来，一次次期盼无果后，渐渐的我学着把这些东西藏在了心里，不再表达出来，只要想起，就拉一下音乐盒，仿佛自己就回到了那年冬天。

（二）

刚上初中的时候，我家搬到了学校附近的小区里。我不小心把小熊音乐盒给弄丢了。这是在某一个我突然想念哈尔滨的夜晚发现的。

我没和任何人讲，只是心里好像少了一种什么寄托一样。

翻翻语文课本，那些诗词最擅长的莫过于托物言志，可物没了，这事就很难办。

中考之后的那个夏天长得可怕，现在想想简直不像是人类会有的假期。我给自己倒是安排了不少事做，比如把美术的级考了，或者把之前一直想学的吉他去落实了。

不过，就在这些事情都没有实施之前，家里竟给我安排了去哈尔滨的行程。我不晓得这是有什么机缘巧合，还是作为之前失望的补偿。

这次我没有提前激动，意外反倒没来。一切如期而至。

终于又到了心心念念的哈尔滨，而我已经没有了之前的那种兴奋，即便，记忆里又多了太阳岛，多了中央大街，多了索菲亚教堂。而再闻到那个洗衣粉的味道的时候，我更多的感受是一种踏实，觉得心里的一个空缺补上了，没有留下遗憾。我不得不承认，眼前的哈尔滨并不是1999年的哈尔滨。

但那一刻，心里有点矛盾，有点不舍，又有点欣慰的情绪告诉了我，我长大了。

后来，哥哥考美院去了北京，姑姑也索性把哈尔滨的房子卖了，搬到了北京。

而我，也在几年后，还是个大学生的时候，就应聘到了北京工作。

在很多个周末里，我们三个人会小聚一下，我常问姑姑和哥哥："为什么以前你们家的味那么好闻呢？"他们两个，对我的问题毫无头绪。的确，这个问题我自己都没找到满意的答案。

去年冬天，因为工作的缘故，我参与了陈可辛导演的经典电影《甜蜜蜜》复映的宣传发行工作，不得不在电脑上、影院里，又看了无数次。而每当黎明或张曼玉唱起"你的笑容这样熟悉，我一时想不起"时，我就会想到1999年的哈尔滨。

又美，又冷，又让人想念。

才发现，那首《甜蜜蜜》的旋律，和洗衣粉的味道对于小时候的我而言，其实就是外面世界的声音和味道。

一个没什么心事，又什么都不懂的小孩子，在很小的时候，就对未来有了一份难以名状的憧憬。

而现在，那个小孩子，越过人海，终于成了那个世界里的一部分。

等待治愈，不如努力治愈

直到现在我还记得，那种飞起来能在空中转几个弯，脑袋尖尖的纸飞机是怎么叠的。

它在风中瑟瑟地旋转。机敏，也彷徨。

（一）

一早，我就开始闹，说什么也不肯去幼儿园。

小时候，我闹起来很难有人能管得住。而那天刚好爸爸又不在家。

妈妈“威逼利诱”的跟我协商无果后，意外地妥协了，而且并没有做出什么过激的反应。

我喜出望外，由衷地感谢那个神圣的周一。

早饭后，妈妈问我：“不去幼儿园，那你今天想干吗呢？”

我说：“不去幼儿园，干吗都行啊。”

当时，我的内心活动是：“小杜同学你简直太聪明，太机智了。”

妈妈跟我提议，天气不错，风也不大，要是不想上课，也别在家闷着。可以叠一些纸飞机一起出去玩儿。

我想都没想，满口答应，不是因为游戏多有趣，而是因为我实在没理由再挑肥拣瘦了。这是最起码的限度。

一路上，阳光洒满了河道，两边的柳树慵懒地随风而舞，部队大院里隐隐约约地传来了口号声。

半空中两架小飞机轻盈地驶过。我很好奇，为什么妈妈叠的纸飞机总是比我的飞得远，而且还能在空中得意地转几个弯。

我捡起它时才发现，机头是被剪刀“改装过的”，我打心里不服气，不过，在如此晴朗的天气里，去纠结这种作弊行为显然是不合适的，因此，我也没计较。照搬照抄地在自己的纸飞机上也手撕出了大致的形状。

效果可以说立竿见影，我连着扳回了几番。

我和妈妈，跟着纸飞机时而小跑，时而停下，不知不觉就到了那条小路的尽头。

看着路口的方向，我停下了脚步，有些失望地对一旁的妈妈说："为什么到了这儿，不是都说好了吗？"

妈妈这时脸才沉了下来，并没有因为我的上当而欣喜。

原来，我们从小路绕到了幼儿园。

我知道，若非如此，我是说什么也不会乖乖听话的。但那我也不喜欢妈妈用这样的方式骗我去上课。

坦白地讲，那个时候的大人们总是会做些这样的事，故作聪明，却让人觉得世事艰难。

而且老实说，我并不是讨厌幼儿园，只是特别讨厌去幼儿园的那种感觉而已。

毫不夸张，听到幼儿园门口播放的儿歌，我都会心悸。

仿佛，那个藏在心里的小噩梦，又蹦蹦跶跶地出来作祟。

让我恍惚。

（二）

那一年，奶奶生病了，爸妈又都忙，无暇照看我，就把我送去了长托（可以寄宿的幼儿园）。据说，这家幼儿园当时是市里数一数二的。

第一天去的时候，我很不情愿，又哭又闹的这就不用提了。但看着满是彩色装饰的教室和隔壁班传来的钢琴声，我把眼泪抹干，然后憋着嘴，试图借此说服自己放宽心。

可我怎么也没想到，这竟是一个噩梦的开始。

第一次离开家人，到一个新的环境里，我特别不适应，所以平时都很少开口说话。即便是尿裤子了，也不会吭声。

可老师也就真没发现。连着两三天，我的裤子干了，湿了，又干了。

直到裤子给浸成了硬布片，老师才后知后觉。但也不以为然。

那时候，老师是鼓励家长给孩子带水果的，然后每天固定的时间，分发下去。

到点了，我背手等着老师的恩赐，但多半情况只能换来几粒葡萄，每天都是如此。我记得上次爸爸给我带了好多水果的，可那我也不敢说，想去拿书包，书包又被堆在很高的柜子里，根本够不到。

那一刻，我真的“感到万分沮丧，甚至开始怀疑人生”。

下午，课程结束了，老师把我们带到了游戏室，本来大家都很开心，但当我们所有人都走进去的时候，老师却把门锁上了。然后在门外叫嚷，告诉大家有一小时的游戏时间，到了时间，她会回来开锁，带我们去睡觉。

而就在每天她扬长而去的这个时段里，年龄比较大的孩子便成了大王，作威作福，仗势欺人。我总是躲在角落，希望别被看见。

这简直和监狱相差无几。

好不容易熬到了晚上，老师又要求必须要把衣服叠整齐才能睡觉，如果叠不好，就得打手板。

难道是误入了军校吗？我叠了几次都没有合格，挨了板子，从那以后我就再也没有脱过衣服睡觉。因为，这样就不用叠了。

那种在软弱下滋生出的执拗，让日子变得艰辛而难熬。

我度日如年，被窝里，偷偷地抹眼泪，想妈妈，想爸爸，好像哭是一天最痛快的时候。

而这一切的一切，永远都伴随着那欢快又该死的音乐。

机会来了，终于有天下午爸爸来看我，但可能因为我已经麻木了，所以，没有大哭大闹，更没有流露出一丝抓住救命稻草的情绪。

爸爸看见我瘦了不少，还光着一只脚，就问我："那只袜子呢？"我不说话。

同学们指了指窗外。只见，树杈上，挂着一只弱小的袜子。

我不记得那只袜子为什么会在树杈上，只记得，自己这样光着一只脚了好久。

爸爸轻描淡写地说了几句。然后准备把几兜水果塞进我的书包里。

一打开书包，一种腐烂又浓烈的味道扑鼻而来，里面都是些放坏了的烂葡萄和烂桃子。

这回，我爸什么也没说，当即决定要带我走。

我看着他，两滴眼泪夺眶而出。

后来，我换了幼儿园，也再没有上过长托。

（三）

自打我搬到现在住的地方以后，想睡个好觉就变得尤为艰难。可以想象一下，晚上，小区里的野猫蹲在垃圾桶上肆意地发情，清早，家门口的幼儿园则上演着无数场生离死别。

现在想想，这对一个资深熬夜工作者来讲，实在是一种折磨。有几次，那本刚看完的《村上春树·猫》，差点就被我大半夜给烧掉。

可我对幼儿园的意见却无处发泄。

八九点钟的时候，一出门，就会看见这样一幕。妈妈淡定地把孩子交给老师，然后做着简短的嘱托，全然不理孩子的号啕大哭。孩子紧抱着妈妈的大腿，像在求饶。但她不知道，这并不是因为自己犯了什么过错造成的，还以为撕心裂肺地哭就会有用。

而这个场景，一般都是伴着幼儿园里轻松的音乐完成的。

对，就是那个该死的音乐。对此，我仍旧是那么过敏。

更让我苦恼的是，很多的商场里也设有那种给小孩玩儿的投币车。连投三个硬币，小车摇摇晃晃地开启，幼儿园里常会听到的那种音乐随即而出。

每次听见总是会让我想起小时候上长托的那些情景。

我真的很认真地思考过这个问题，因为它总是会不经意地困扰我，但我怎么也没想到可以治愈的方法。也许，这事得交给时间。或者自愈。

没什么好的办法。

有天雨夜，风透过厨房的窗户，发出了低吟的声音，持续良久。不过，我倒是很快就睡着了，还做了一个很长很累的噩梦。

醒来时额头上都是汗，当时应该是凌晨三四点钟，我一个大男人竟然有点莫名地害怕了。

但如果坚持不睡的话，一天的工作肯定就搭进去了，可要是睡了，真怕那个梦会连上。

虽然这个说法有点滑稽，但当时脑子里一片混沌，的确就是这么想的。

而就在我不停纠结的过程中，不知不觉地又睡着了。

这回我睡得十分安稳，没有被任何事情打扰，好像一觉就睡到了无忧无虑的少年时。

清晨，阳光漫过窗帘照在了我的脸上，我眯起眼睛，看着金灿灿的房间，没有困意，觉得一切是如此的安好。

于是，恍惚中我好像明白了一些事情。

当知道一些不好的过往已经过去了，就不必自己再去碰那个开关，然后又是纠结又是惊慌。噩梦固然可怕，但当你承认它只是一个噩梦的时候，很多事情自然就会雨过天晴。

•

大概是上个月的一天，回家途中，我无意中看见一个小超市门口摆放着两个投币车。虽然小车没启动，但那个音乐声仿佛就在耳边。

我感觉到了内心的那个自己，在某个黑暗的角落里，又要去按那个开关。

要是往常，我一定会马上逃走，躲避这种恐惧。但这次我没有，反而硬着头皮过去，咚咚咚地朝小车踢了几脚，试图突破某种的障碍。

这几脚有力而果敢。

我感觉到，在那个熟悉的黑暗的角落里，自己从未如此巨大过，好像一脚就能踩散所有的阴云。

自己的梦还得自己醒来；等待治愈，不如努力自愈。

当下，我忍不住地傻笑了几声。

然后，才注意到站在超市门口的店员。

用尴尬的表情看着我说："先生，您干吗呢?"

/ 第五章 /

拒绝成长 不如成长

永远的夏天

其实，世界从来都不曾为我们改变过。

我们只是丢不掉那些灿烂的日子。

（一）

顶着炎热的天气和焦躁的困意，一股皮革的味道在屋子里弥漫着，分不清是皮鞋还是沙发被烤熟了。

头脑昏昏沉沉，我很想知道，当下这个乏善可陈的聚会还要延续到几时。眼前，某位知名的作家仍在高谈阔论，指指点点。从上一小时开始便维持着这样的状态，仿佛不知疲倦，无论是他还是其他人。

但很多人喜欢让自己看上去很乐意倾听。

我很清楚自己不适应这样的场合，况且也坐不住，就索性跑出去透口气。

这很有必要。

“重见天日”的那一刻，我感觉空气从未如此好闻。与其再回去进行所谓的“有用社交”还不如随处走走畅快。我很迅速地做了这样的决定。

烈日藏在漫布的乌云里，天气有些闷热。实际上，最近一直都是这样的天气，连像模像样的雨也只下过两场而已。但很奇怪，在这样的夏天里，柳絮竟仍然野蛮生长，在风里簇拥着，抱成团。

我虽然不怕热，但有鼻炎。

估摸着，走了不到一站地，大潘从后面赶了上来。显然，他也是溜之大吉的同道者，跟我前后脚。

我一点也不奇怪，因为我俩是一类人。性格直来直去，不怎么会遮掩，所以，很容易让人不悦。对于我俩来说，闭口不言，逃之夭夭，似乎是仅存的不让自己在这种环境下显得太鲁莽的社交技能。

所以，他根本不用跟我多说什么。我们一路同行，就像是掉了队的行人又归队了一样自然。

说起来，大潘是个比我有意思的地道的北京人。他常跟我聊一些好玩儿的事。

比如，“潘”是他的名字，他并不姓这个。但即便是跟他很熟的人都会在潜意识里默认他就姓潘，所以，就有了大潘这个称呼。这个问题，让他困扰至今。

整一季，他都穿着一双白面蓝标的老式回力鞋，尽管看上去像是黄面蓝标的。我劝他刷刷，但他却用一口带着老北京才有的那种优越感的语气说：“你真不懂，帆布鞋，就是要穿到脏才有味儿。”

我笑笑心想：“脱了更是。”

他喜欢一支黑人的说唱组合，还把他们的队标印在自己帽衫上的前胸上，成了大街上的“独一份”，每每提及，好像有一肚子说不完的故事。据说，大学的时候，他还写过不少这样躁的歌，想想应该挺拉风的。

其实刚来北京，我们就认识，但综上关于他的一切，直到现在我仍觉得新奇而有趣。

不过我最钦佩的，还是他徒步走了川藏线。这件事，他自己也十分得意。

总之，和他聊天的时候，我总能收获一些平日里视野触及不到的事物和理论，饶有趣味。

我猜我俩很投脾气，可能就是因为我俩都是北方人，而且年龄相仿，也许，他也这么认为。

我们一路走一路聊，一直朝着北边走去。

我问他过些天出差去印度的一些打算。他表现得不耐烦，显然不愿意再聊工作的事。加上出差也严重打乱了他正在写的一部剧本的计划。

我只好不再提。

又走了半小时，我感到腿有些沉，就在一个长椅上坐了下来，歇歇脚，闭会儿眼。他则在一旁望风。

后面，不知是从哪句话开始的，他和我聊起了以前他小时候的一些事。我倒是挺爱听，因为，一说到北京人小时候，脑子里就会不自觉地出现什么胡同、部队、大院之类的这些场景。

没一会儿，我睁开眼睛，却不见大潘。转身看去，他正单腿蹲着，用打火机去烧路根下面成片的柳絮。

柳絮几乎同时完成了燃烧和消失的过程，让我一度误以为是自己眨了眼。

我嘲笑："你幼不幼稚啊。"

他说："我们小的时候，最爱找这种地方点柳絮玩儿，那时特有瘾，也不知道为什么。"

我说："哦，我反正没玩儿过。"

他说：“你真是没童年，那东北人小时候得多没劲啊!”

顺着他的话，我试着开始回想自己久未想起的小时候。全然不理他又说了些什么。

天气还是那么热，像是尽职尽责地在做好一个夏天的本分。

我不得不再次闭上眼睛，好像这样才能冷静地思考一些问题。

印象里，我的少年时代就是生长在若干个这样的夏天里。

(二)

没有人知道，为什么一个七八岁的小男孩儿会如此让人火大。

大人们也无从解释，只好循规蹈矩地说着一条在北方约定俗成的规律，真是“七岁八岁讨狗嫌”。

而事实上，我倒是挺想养一条小狗来陪我，哪怕它真的对我很嫌弃。这样，我就不至于在家里上蹿下跳、百无聊赖了。

夏天的阳光，总是格外的充足，把爷爷的床铺陈得柔软非常。惹了一些埋怨后，我经常躺在上面“养精蓄锐”，有时半梦半醒间会听见爷爷奶奶说：“这孩子啊手脚不识闲，这一天就睡觉的时候最招人喜欢。”这个明显的讽刺，我还是听得出来的，不过我也无力辩解，毕竟这话事出有因，倒也不假。

我闭上双眼，全然不理，继续着我的大梦。

的确，一时抽风徒手拍碎卧室的双层玻璃，飞檐走壁将沙发里的棉花和弹簧踩得四散而出，天女散花把水洒到楼下以致行人找来兴师问罪，这些事都是我漫长履历中的“光荣事迹”。

可我实在不明白，爷爷奶奶把我的这些事迹和别人侃侃而谈，对他们有什么好处。而且逢到爸爸回来时，肯定是要数罪并罚的，再加上奶奶添油加醋，我就知道，当下非得要吃点苦头不可了。

一时间，我真的有些郁闷，我总觉得虽然自己犯了不少错，可说到底那都是无心之过，正如小孩子都喜欢拆东西或扔东西那般平常。这是不为过的。

带着些许不甘，我转移阵地至厨房里那个宽敞的阳台上。那里有三十多盆奶奶种的花，我一赌气便埋身其中，浑然一副深藏功名、退隐深山的感觉。

不过好在即便是夏天，阳台上的白色瓷砖依然凉爽，坐在上面倒也悠然自得。我并非不长记性，既然总会犯错，那坐着不动总可以了吧。我望向窗外，仔细地寻尽每一处角落，听着不知哪里传来的隐隐约约的歌声，以此打发时间。幻想着它们和我的联系。

有时，我也在花草间找些趣子。我曾发现有一种花，每天都会结出像蜜一样甜的汁液。我总是在夏日的午后，趴在窗台上，一边晒太阳，一边舔舐着这只属于我的杨枝甘露。

其实，那种发现了新物种般的神秘感，远远超越了它本身的味道，显得格外香甜。

我自认喜欢分享，考虑再三还是决定把这个秘密不计前嫌地分享给奶奶，却没承想，好事不成反而挨了一顿臭骂。原来，那个花甚有毒性，据说曾毒死过人。我差点为此被取消了进厨房的资格，至于已经喝下去的事，我倒没心思多想。不过，我也因此在心里狠狠地记下了一笔不知道该跟谁算的账，仇人的名字叫“一品红”。

（三）

很快，我又有了新出路。

我摸清了去配件厂大院的路，爷爷就在那工作。

这事，奶奶倒也没有阻挠。一来我们住的就是配件厂的家属楼，在家奶奶就能把整个厂子大院尽收眼底，比较容易管控我而且也相对放心；二来我这一走，奶奶的确如释重负，清静了不少。

也正是因此，我便有了堂而皇之的出门理由。

开始的时候，我还有些拘谨和怕生，后来却发现，厂子大院里的人几乎都认识我，准确地说是都知道杜厂长家有个淘小子。

“哟，活猴子又来了。”我以为起外号这种把戏只有我们小孩子们才会无趣时用来解闷，原来大人们也一样，但在他们口中则显得更无礼。

好在没几天，我就和他们熟络了起来，对他们的劝告和管束全然不理。当然，人家都有活计，也没时间天天看着我在干吗。

几经调研，就有了这么件我最爱干的事。

我常溜进铸造车间，“凭借多年的功夫底子”，躲在铁梁子上，偷看爷爷领着五六个工人将岩浆一样的东西浇在模子里，火星脱缰般溅出，然后瞬间凝固升起白烟。我聚精会神，像是在观赏一种古老的神秘仪式那样严肃，我确信，这场面不是谁都有机会能看到的，就算是我，也要碰运气才赶得上。

后来才知道，这是在往模子里浇铁水。

此后，我胆子越来越大，竟然看上了瘾，直到一次意外事故的发生。

爷爷不慎让铁水溅到了脚上，鞋面烧出了几个窟窿，爷爷的整个脚面都被烫伤。我这才意识到了它的危险性，更因爷爷的伤势而与其势不两立。

男子汉说到做到，打那以后，我就再没去看过工人们浇铁水。

其实，是被爷爷发现后，勒令禁止再进车间。如此，我便只得在大院里瞎晃悠，草丛里抓抓蚂蚱，骑在搅拌机上面听自己的回音，这些玩意儿，我不知温习了多少次。

幸运的话，我还能在土里刨出点废铁，然后拿到大院后面的废品收购站卖掉，换几毛糖果钱。不过，次数一多，那个收购站的老板就不开心了，还曾郑重其事地跟我聊了一次。

“淘小子，以后别来卖废铁了。”

“为什么啊?”

“哪来的为什么？你那都是铁粑粑不是铁，再来，我可告诉你爷爷了。”

成长是坎坷的，对于一个少年来讲，每一次成长，都伴随着一个“铁”一样的教训。那时我就这样想。

可是，根本没有什么事情是可以阻挡一个少年对世界的好奇心的。

一次，痛快地解手之后，我鬼使神差地对厂子里的茅厕产生了兴趣。我一时好奇便顺着砖墙爬了上去。砖墙外是一排瓦房的房顶，站在上面，视野瞬间开阔了不少。

我怕踩空，匍匐着前进，却意外地拾到了一些书本、笔筒、篮球之类的东西。在没有零用钱的年纪，白捡的都是宝。

我找了一块比较稳固的地方，把战利品暂且搁置，这才放心地坐下。我居高临下地看着眼前的一切，才发现目及之处就是我在家里阳台上看到的地方。一个偌大的操场，和一个四层的教学楼，周围都是一些矮房和看不清的招牌。

我看着看着入了神，突然，一个球迎面飞来，正落在我脚下，几个学生仰着头朝我喊道：

“小子，把球给我们踢下来呗。”

“好嘞，你等着!”

我满口答应，一记飞脚把球踢了出去，差点把鞋也踢飞。然后我坐回原位，看着天色渐暗。

也不知怎么，就那么开心。

（四）

后来，在厂子大院，我又认识了年龄相仿的大鹏、小峰那一帮人，他们就住在厂子里，父母也都在厂子上班。

小孩子的交情总是来得很快，没多久，我们就变得形影不离。

大鹏喜欢穿着他爸爸当兵时留下的大头皮靴，小峰总是能从家里带出些新鲜玩意儿，而我则能从爷爷的车间里拿出些铁片铜棍分给大家当兵器。显然，我们彼此都有能吸引对方的地方。

几次闯祸，让厂子里的人对我们大加指责，不过，我们也一次次地变得更聪明，遵循着毛主席的伟大理论：“从战斗中学习战斗。”

我们成群结队，玩玩闹闹，能感觉到在厂子里众人的心中，我们更像是孙猴子和七十二路妖王聚首一般，除了无法无天还是无法无天。好像不知什么时候，就会捅个娄子。

可我们仍旧雄赳赳气昂昂，谁管他们怎么想？

我们的队伍逐渐壮大，连大院里卖冰棍家的傻儿子也加入了我们当中。那凹陷的黑眼窝，瘦骨嶙峋的身材，都成了大家玩笑的对象。

但不得不说，他妈妈对我们挺好，还时常赊给我们汽水，看在这点上，我们倒也没有过分地太排斥傻子。至少敢理直气壮地说，虽然经常欺负，但却从未嘲笑。

我一直认为，是我们给了他人生中不一样的天空。

远处教学楼里的音乐声，毫无阻碍地传满了厂子大院，我们人手一辆自行车，在歌声中飞驰，我骑着爷爷那辆蓝色的“二八”冲在最前面，因为我总觉得最爽的风只会吹到离它最近的人。

可那时的我并不知道，也正是这阵风，带着我们向着岁月的方向狂奔，而我们却忘了回头。

我从没想过，那个白色的教学楼，竟在之后承载了我的中学时代，而那段早就听过的音乐，竟成了每天束缚我自由的无形之锁。

后来，大鹏成了我同校不同班的同学，可没多久就转去了其他地方，失去了联系，小峰不知去向也再没见到过，而傻子则因为犯了一场病死了。

回想起来，那段时间过得太快了，太快了，快到甚至让我觉得死的不是傻子，而是我们的年少轻狂。

不知什么时候开始，厨房里的阳台我再也无法全身而入，也不知什么时候开始，我把铁水、蚂蚱、废铁和傻子忘得一干二净。

临中考前，因为班主任大发慈悲，班里的同学得以在操场上踢了次球。大家像久旱逢雨般玩儿命奔跑，你追我赶。

我使足气力，一脚把球踢得老高，眼看着它飞过了球门，落到了一排砖瓦房上。

那一瞬间，我仿佛看见了，瓦房顶上好像正坐着一个少年。他笑着起身，然后一记飞脚把球踢了过来。

他是那么的开心。

而没有人知道，他身后藏着的正是我的整个少年时光。那个考好了就100分，没复习就99分的年龄，好像总是握着大把可以挥霍又不会被追究的时间。

那时的时间花不完，也用不尽，而我们却终究还是没能跑在它的前头。

如今，我终于肯承认，其实世界从来不曾为我们改变过。

可我却依然记得，在那些个自在如风的夏天里，头顶的那片阳光是那么的灿烂。

请回答 2010

一觉醒来，摆在床头的那本漫画——《灌篮高手》湘北 vs 山王工业消失了，抽屉里 2008 年奥运会射击比赛的纪念胸针消失了，校服口袋里某人送的银色裤链消失了，连同脸上轻而易举就能笑出的青涩也消失了。

惊觉，原来那是场在微风中，不愿醒来，又难以重拾的梦。

（一）

1. 高中时

“啊哈，真是你，Long Boy Girl。”微博收到了这样一条私信。

这句混搭的英文和拼音，看着眼熟啊。我伸了个懒腰，盯着手机屏幕，慢慢想起了那个慵懒的夏天。

那时候，我整天穿着那件胸前有两条灰白条纹的黑色 Nike 运动夹克，校服裤脚挽得老高，在微风中，一副“不羁放纵爱自由”的样子。

被烈日晒过的篮球场上，不知谁喊了声“太阳”，我一回头，就露出了刚被教导主任剪过刘海的慌张。

太阳是同学们给我起的外号，可能是因为我名字里也有一个阳字的缘故吧。当时，我爱死了这个称呼，听上去是那么的朝气蓬勃。

而现在我年纪轻轻，却有人叫我老杜！

2. 小官命

从小我自认没有官命。

直到小学五年级，因为新来的班主任和我妈认识，于是封了我个小组长，我自命不凡。

老师、班长、各路委员、课代表、我，这不是只差四级吗？我总认为自己是班级的最低领导人。

可不得不说，我的仕途是坎坷的，这个从天而降的小组长最终因为我抄作业被抓了现形，而一撸到底。

那以后，我开始质疑小时候姥姥说的“长大鼻子当大官”的说法，是不是在唬我。

可谁能想到，上了高中我这么出息，同时当上了生物课和语文课的课代表呢，这种事情，我以前想都不敢想。虽然，抄作业的好习惯，我仍在发扬。

唯一尴尬的是，班主任是我的语文老师，我们关系不错，以至于我总忘记去她办公室取作业。而每当我到隔壁物化生组时，她非得找个机会，当着全班同学的面，说我是因为生物老师年轻漂亮不可。

后来，调班之后，她不再是我们班的班主任了，但还教我们语文课。

不过，这让我觉得自己课代表的含金量直线下降。

3. 成绩账

分完文理班，我就一直是班里的前十名。但我认为每次都很侥幸。

虽为语文课代表，但我的语文成绩却着实一般，因为那会儿我做卷子，字音字形的题就没怎么对过。我总觉得，非得拿些用不到的生僻字来难为自己，这很没必要。

但很幸运，作文总是能帮我扳回一城。可要是老师读的范文里没有我的，我就知道，这次语文完了。

值得一提的是，我曾有一篇在年级广为流传的关于童年的文章，这个事情足以让我麻痹了自己所有关于作文上的失利。

至于我的数学、英语，也就算个中等水平吧，不过政史地却几乎不怎么扣分，有它们撑着，我也就放心了。

老师恨铁不成钢，说我太不努力，总在心里打那些小算盘，也不知道是给谁算的，就像进步一点会要我的命一样。

这可真是冤枉我了，因为我还真的临阵磨枪过几次。但奇怪，无论我努力与否，名次永远是年级一百零二，而且连着三次。以至于直到现在我都觉得这个数字一定和我有什么渊源。更何况我现在还记得呢。

现在想想，其实，那时候还真的是太不上心了。

学校当时实行滚动分班，只要考到年级前一百名，就可以去前面两个快班。而每次我都只差那两名。快班的几个美女同学常督促我，但可能我真的没那种命。

期末的家长会上，老师结合三次比较重要的考试成绩，把班里前十名的学生和家长留了下来，依次做战略分析，小到经常吃亏的科目题型，大到后面的规划志愿。但，我们才高一啊！

到我了，老师跟我爸说：“你们先走吧，这孩子，我没什么可说的了，成绩也太稳定了。”我爸哭笑不得，给了我一脚。

4. 乐队啊

无所事事，搞事情就要搞出些事。这句话基本可以概括大部分高中生正值青春期波峰时的心理状态了。

教地理的小龙成了我们七班的班主任。

他为人太好，所以，有时候会被同学欺负。但也因此大家都很喜欢他。

他从不挖苦也不体罚学生，犯了错误，就表演一个节目。

开始大家都很尴尬，但后来，明显能感觉到有的男生会为此准备好久，然后故意犯错。

小龙怎么会看不出呢？但也还是默许了。毋庸置疑，他安排的遭遇战就这样变成了同学们此消彼长的节目游击。

就在这种文艺形势一片大好的情况下，我的乐队成立了，并正式取名为 Long Boy Girl。

刘敏、阿玮、我，我们三人都是主唱，原因很简单，因为我们没有一个人会乐器。

阿玮超乎于高中生的烟酒嗓，刘敏那个飙得了《天路》的高音，以及我的外表，都是无可挑剔的。好吧，我承认，那个时候，他们真该把我踢了。

5. 阴雨天

不知从什么时候开始，我患上了抑郁症。区别于青春叛逆的是，它让你不会有一丝的情绪起伏，每天只是毫无精神，只是感觉一切都灰蒙蒙。

篮球不打了，课也不愿意好好上。

午休的时候，我总是跑到篮球场静坐。

冬天，天黑得很早，篮球场里没有灯，下了第一节晚自习，有个女生一边打着电话一边走下通往篮球场的台阶，从语气上能感觉到是在给男朋友打电话。

当她就要走过来的时候，我下意识地回了个头，却吓了她一跳。那个女生两行眼泪当即落下。之后，好像就有了关于篮球场那边的种种耸人听闻的传闻。

再后来，班主任特批下午自习的时候我可以不用上课，但不能离校。

可能是他知道我不会耽误成绩，也可能是他觉得我只是小孩子的标新立异而已吧。

但他不知道的是，小时候，因为我太淘气了，家里觉得我有多动症，在外地的医院托人给我做了检查。最后的检查结果却是阶段性抑郁症。不过，据说不严重，轻描淡写的，家人就也没在乎。

我发现，那个医生说的是对的，大概持续了一两个月，我就恢复如初，似雨后的太阳。

6. 难告别

那时，我还在学画画，算是个艺术生，而且在艺术生里绝对算文化课成绩不错的，可不知怎么就被家里说通了，觉得这样将来没出路。

学好数理化走遍全天下，是家长们亘古不变的至理名言。

但这次可没有转班那么简单，我直接被安排改学理科，然后转学去了长春。

当我发觉自己快要失去什么的时候，我开始想要给自己一个交代。因此，我打算把在这个城市、这所学校里的最后一点日子，痛快并精彩地过完。

比如，上高中以来，我从没打过仗，所以打算体验一次。

于是那次跨年级的足有百人的约架,我就稀里糊涂地参加了。

两伙人像游行一样，拿着各种木棍、铁棒、扎枪，浩浩荡荡地奔着铁路边的公园前进。我小时候上的幼儿园就在这附近，只不过那时耳边充斥的都是“小鸟在前面带路，风儿迎着我们”，而现在，满心的古惑仔此起彼伏，什么《友情岁月》，什么《乱世巨星》，什么《热血燃烧》，在人群中随波逐流，但势如破竹。

我必须承认，其实我心里是害怕的，但却还是有某种动力，支撑着双腿往前走，甚至还在心里想象着，如果我方占了上风，我该怎么做，若是我们被打败了，我又该如何。

就在我心中暗自起劲、左顾右盼的时候，却发现不知哪里来的警车跑到了我们前头，有人报了警。我手足无措，等待着人群给我一个答案。

本来，所有人都一副生死可以置之度外的样子，可警笛一响，马上都四散而逃。只剩我茫然地看着躁动的人群，然后后知后觉地离开。

荒诞又折腾，我真的不懂。但也可能，这就是那时候的我们。

记得那天我回家很晚，没做功课就上床了，睡不着的时候，想了很多。

第二天，是我最后一次来学校上课的日子。

除了几个老师以外，我不想让大家知道关于我转学的事。因为，只有回忆才需要轰轰烈烈，大侠只需无声无息。那时，我就是这么想的。

我是谁？太阳啊。

上午的最后一节课，是语文课。那节课我上得很认真，毕竟那是我曾经的班主任，我说过，我们关系很好。

距离下课还有十分钟的时候，老师把书往讲台上一放，清了下嗓子说道："课先上到这，咱班有个同学要转学，咱是不是得欢送一下啊？"

同学们左右张望，并不明白老师的意思。

老师提高了嗓门说：“是吧？太阳。”

我从座位上站了起来，却说不出话，就这样沉静了一分钟。

同学们这才明白过来。

因为事情很突然，大家都非常惊讶，也没来得及准备什么，于是便写了些话，或是把一些随身小物件送给我当纪念。而我当时唯一拿得出手的只有一本政史地的自创笔记而已，送给了一直很努力但在政史地方面似乎没有找到窍门的佳东。

老师又说：“我听说，咱班有个乐队叫什么‘Long Boy Girl’？是不也该趁着今天验收一下水平了。”

全班同学都在鼓掌叫好，我看得很清晰。

这一定是最煽情的部分，所以我不想说太多。

但我记得，那天是我们乐队唯一一次开张的日子，我们唱了《一千年以后》，唱了《深呼吸》，还有《最美》。总之，都是些当下的经典之作，会让人产生热切的共鸣。

从此，那一天便长在了我的记忆里。

（二）

那条微博是琪发给我的。

琪是我高中邻班的同学。

后来，她到北京，我们见了一面。

其实以上，很多都在我心底成了碎片，幸好有她帮我串联起来，我才得以从中梳理出一些脉络和头绪。

她说这些，有一部分是在我同学那打听来的。显然，她很责怪我什么也不说就突然消失。

我很抱歉，那天琪来北京看我，饭桌上，我并不能讲出关于她的什么故事。琪也没有追究。

她还半开玩笑地说："关于我的事，你还记得吗？你一定不记得，我们是在刚入学一次吃午饭时认识的。你一定不记得，那时学校举办书法大赛，你说你才不稀罕，却鼓励我参加，还给我写了一段文字。你也一定不记得，你跟我显摆你在课上偷偷画的一张画。上面有一只小船，有芦苇，有月亮，还有一首诗。而直到现在，那一小段文字和那张只有16开纸的画还夹在我的书里。"

我有些惭愧，但也如她叙述的一般，想起了许多。

她见我没有说话，打断了我的思绪说道："关于我，你就只记得那时候我喜欢过你的事吧！"

我苦笑了一声，我猜我一定脸红了。可心里却在感谢，感谢无论怎样，时光还是让我们若干年后在一个陌生的城市以这种方式相遇。这对彼此也许都有意义。

她告诉我，我去长春了以后号码也换掉了。直到看见我有微博之前，她都没有我的任何联系方式。

而的确，就连我的QQ也早随着记忆中的那些年一起藏匿了起来，变成了灰色。

我说："老同学，真是难得这样你都没把我忘了。"

琪说："是啊，你知道吗？那时候你真的挺不同的，总是那么阳光。后来，虽然你消失了，但当我陷入了艰难的考前复习时，当我后来被大学室友欺负时，当我毕业找工作时，我常会想，要是太阳的话，他会怎么做呢？"

她说完这些话的时候，我的眼睛几乎是湿润的，因为我从没想过，那时那个有点年少轻狂的我，会对于谁有这样的意义。

我笑着干了杯子里所有的水，说："哈哈，以水代酒，不管怎么说，谢谢你大老远从上海赶来北京看我！"

她笑着说："路过而已，顺便看看而已。"

这一次，我们都笑了。

后来啊，我们又聊了一会儿，没怎么吃东西。我知道了琪现在在上海一家老巷子里的客栈做志愿者。那里气候不错，风景也很美。据琪讲述，每天无忧无虑，还认识了一些来自五湖四海的特别有意思的人。总之，是过上了我只有在文章里或剧本中才会写到的生活。

哈哈，其实仔细想想，我们共同经历的故事和交集也不过就是那一年多的光景。

但对于我来说，我从未想过，会在某天，会因为某一个人，就把自己关于 2010 年的全部回忆翻找出来，就像曾经绽放时的那般汹涌。

而这一切，几近消逝，好久不见。

许是光顾着聊了，时间一久，都还没怎么吃，饭桌上的烤鱼就被煮得有点散了样，只有上面一层剁椒依然鲜红而饱满。虽然有时会让人眼睛阵阵酸痛，却也在微弱的灯光下，熠熠生辉，让人垂涎。

像极了 2010 年，记忆里，我全部的高中时代。

时光安稳，匆匆的是我们

当我们有了时间感的那一刻，四季就开始变得让人哀愁，回忆就开始变得让人惶恐。

而日子，其实并没有在哪一天快进，也没有在某一天减缓。任何一天都还是二十四小时，任何一天也都还是保持着昼夜更替。平稳如涓涓细流。

只有，难以承认的我们，手足无措，看起来是那么的凶猛。

（一）

下午，大家围坐在办公室，讨论着电影《左耳》的宣传片方案。

形式初定，以采访的模式，让不同年龄、不同职业的人叙述毕业散伙时，和室友、同学说的最后一句话是什么。

为了测试效果，我们小范围地先展开了讨论，回忆着当时的情景，依次发言。

“电话常联系。”

“等我和我媳妇结婚了，都来啊。”

“我先走了。”

“不要太想哥啊。”

“不管到哪儿，我们是永远的姐妹。”

“再见！”

大家你一言我一语。无论是漫长的挥手，还是简短的告别，都透露着一种分手后，互祝幸福可还是会不舍的难过。

其实就是这样的，当我们懂得了珍惜的时候，青春早已虚度过半。

而回忆总是负责变废为宝。

一生中，只有被叫作大学室友的这种关系属性，会让你和几个本不认识的陌生人朝夕相处，甚至睡在一起，几年。

老话讲，这是千年修得的缘分。

沙发旁边的高脚灯，将本就晴朗的下午照射得更加通亮，光束聚集到不是很平整的墙面上，漫出了暖人的余晖。

到我发言了，嗓子好像被哽住了一般，沉默不语。

我试图回忆出什么，试图寻出躲在我记忆深处的蛛丝马迹。我愣了神。

我想……那天的情景大致若此吧。

那天，寝室的酒神——棍儿，第一次在众人面前喝醉，摇摇晃晃，举步维艰。牙哥想去扶，可是分明自己都吐得直不起身，再加上他那年少半白的头发，看起来更是增添了几分沧桑和滑稽。

老黄不再叫嚣，而是扶着眼镜趴在桌子上，不知道是睡了，还是在想他总挂在嘴边的“开着奔驰找小三”的伟大憧憬。躲酒成性的胖子和露着一半肚皮的老袁半靠在椅子上，面面相觑，东拉西扯，时而翻出陈年旧账，时而指手画脚，做着什么商量。

以为我们的未来会充满了各式各样的交集。

我这个“一杯倒”，红着脖子红着脸，以残存的理性，旁观着眼前的他们，会想笑，又会想哭，但脸是麻木的。

“来呀来个酒啊，不醉不罢休，东边我的美人儿啊，西边黄河流。”浩哥的破锣嗓，不，天籁之音，让大家好像醒了酒。大家把目光聚焦到他身上。

和他的长相一样，跟我们站在一起，他更像是一个没什么品味的70后。尽管，我曾带他逛了几次街，教他打扮。

《爱江山更爱美人》是他每晚用来结束一天生活的必唱曲目之一，而现在，我谢谢他没唱什么《潇洒走一回》《沧海一声笑》，抑或是《风云2》。这些绝对在他的发挥范围之内。

讲实话，我们很反感他的歌声。不过，听到他唱的这些词句，我更愿意相信，他心里应该藏着一种我们都没有的辽阔。

刚想到这，就看见老黄抬起了头，牙哥也挺起了身，胖子和老袁用酒瓶当麦克风随着浩哥一同合唱。

我也兴奋地加入了其中，此刻，这种随性又真实的状态，大家破了音的嗓子，活像崔健、伍佰、汪峰。也许更胜。

一切的感动历历在目，却又有些模糊。

然而，这些是真实可靠的吗？

好像大脑在回忆的影像里做了一些手脚，甚至连我自己都不曾发觉，其实，那些画面里，歌声中，根本就没有我。

我们对青春岁月，娓娓道来或夸大其词，其实多少都兑了点水，所以才会听起来多了些曲折和波澜。

至于后来的事，我就没印象了。因为在电话里，那天的场景，老袁只和我说了这么多，再往后他也不记得了。

我用京腔儿嘲笑道："你断片儿了吧。"

（二）

"这次考试是你最后的机会了，你必须回来。"

皮箱在操场上颠簸，硌出闷闷的声响。

印象里，大学的最后一年，我只回来过两次，而每次都是晚上。

给室友带的桶装葡萄酒，攒了一肚子的劳顿，终于在夜深人静时炸开了花，透过书包，把我的被子浸透了。

我盖着褥子，枕着木板，望着窗外间距很近的亮着灯的楼，看着墙上暗红的酒渍，若有所思。

想到刚刚大家看到我的欣喜，也想到自己心中油然而生的一种陌生。

其实，准确地说，从大二开始，"上课多耽误学习啊"，这个概念就在我的脑海里根深蒂固。因为，除了写字和说话外，我不知道自己还能做什么，在一个理工科院校还能有什么不一样的前景。于是，一种压力就逼迫着自己，做一只"早起的鸟儿"。

所以，似乎我总是看起来比身边的人都匆忙。

上课的时候，坐在第一排已成为我的惯例。

挡了想学习的人的黑板，却得到老师的赞许。

其实，这是小聪明，为了便于考试或者翘课的时候，老师可以顾及情面，不予追究。就跟吃人家的嘴短，拿人家的手短一样，但，这鬼道理说服自己都很勉强，老师完全有理由不买账。

我总是这样想当然地去做一些事，不过也没什么不好。

那时候，我误打误撞地参加并晋级了市里举办的主持人大赛，进而又有机会进入了广电台实习。现在想想，若不是那时的“想当然”，估计根本不会有这个机会，而没有这次机会，就自然没有了以后的若干个想当然。

电台的工作让我非常忙碌，而身边的同学则是羡慕不已，这使得成绩平平的我，意外地成了寝室和班级的骄傲。在艺术院校，这并不稀奇，可在理工院校，就大不相同。大概是老师也觉得挺难得，才会真的对我翘课上班的事睁一只眼闭一只眼吧。

我发现，早起的鸟儿虽然有虫吃，但不做一只早起的虫儿似乎更重要。于是，我开始让自己看起来更像个样子，也为了弥补专业上的“天灾”，每天早晨六点起床，到自习室读报纸，出早功，练普通话和发声。

等回到寝室洗漱时，室友们才刚起，准备去上课。

开始的时候，大家也都劝我别再折腾了，而后来就不再多说半句。

我猜，折腾久了，别人就会以为，你可能真的能折腾出个啥。

后来，我鼓足了勇气，将一条关于防火疏散演习的报道念给了台里的早间新闻主播阿凯听。意外的是，他说我变化不小，气泡音不错，调值也上去了。这让我备受鼓舞，接着，我开始更加用力地练习，跑到别的学校借书，翘课在寝室里看，理论结合实践。

记得，第一本硬着头皮看完的书叫《理论新闻学传播导论》。

上课时，我仍旧坐在第一排，强睁着两只兔子眼睛。

从这以后，我开始和同学、室友的作息时间巧妙地错开，除了课上，很难见到清醒时候的我。

寝室聚餐，班级活动，我都参加得不多，很多人都开玩笑说我现在是社会人，是大主播，不愿意在学生圈混。

其实，不参加的原因只有一个，累。

我以为，大学的时光，玩儿就很快，去充实就会变得漫长。可现在，我才发现，很多事情，一旦完全搁置不理，再想起的时候，便会立即变成回不去的一转眼。

后来，我离开了电台，到了别的公司上班，又来了北京，彻底离开了学校。

很多最简单的事情，曾经的不想变成了现在的不能。

以至于让我惶恐，仓皇间，得到了不少，但也许，失去的更多。

（三）

上班以后，回家变得不容易，所以，每到节假日，确定会回去之后，家里都恨不得这个小山城赶快建起机场，好让我飞回去。

从北京到通化，最近的距离就是先乘动车到沈阳，然后倒客车直达。可是我的习惯是，先坐到吉林，再绕到通化。我的大学就在吉林。

多了近两小时的路程。

为此，会和我爸争吵，可是，我不想解释。讲了会显得有种小孩子的矫情，而不说又会被责怪，所以我通常会讲，吉林站比较熟悉，倒车不容易误了时间，我爸将信将疑。

大学里的青春是我们告别稚嫩的句点，越美好，就越会让你难忘不舍。

而大学留给我的，更多的是一种遗憾。

其实，直到毕业散伙的那天，我都没有回去，而那张珍贵的毕业照上，我是被“P”上去的。

这件事情，我很后悔。

我们会做错事情就是因为该动脑子的时候，却动了感情。而对于我，最难过的事情莫过于，在该动感情的岁月里，一直保持理性。

无畏前路，简单。无愧自己，难啊。

那天，我到吉林才中午，而距离到通化的客车发车还有两小时，我打车回到学校。足球场上的人不多，蓝天下，柳树荡着枝条迎风浮动，没有北京的蝉鸣，也没有任何想要疾行的理由。

我踢起一块石头，却溅起了往日的时光。也许，时间一直很安稳，只是我们太匆匆。

我边想边走，闻着操场上被烤熟的沥青味儿。

关于我可爱的它

我喜欢几乎所有的小动物，但止于喜欢，绝不养。

(一)

我小时候养过一只狗，叫猫仔。

白褐相间的毛色，风吹过，和一只小花猫没什么分别。

其实，猫仔是小姨寄养在姥姥家的，对我来讲更像是恩赐。

在那个年纪，不管妈妈想动员我做什么事，都只会说那句：“如果表现好了，妈妈答应你随便一个要求。”

虽然我从未做到所谓的“表现好”，但每次面对这种许诺，我都信誓旦旦地应答“给我买只狗就行”。至少在那一刻，我是自信的。

直到后来我不再说了，因为我知道了这件事的可能性微乎其微。

可想而知猫仔来到我的世界后，我是多么爱它。

它也确实乖巧。每天大部分的时间都在做两件事——睡觉和找我。

狗的听觉比人类的视觉还要棒，这是我那时候得出的结论。

拿猫仔来说，即便是在半梦半醒的状态下，也能把不同的脚步声区别开来。

家人开门时，它会不紧不慢地走过去，微微地抬起头，然后扭头就走，好像在说："哦，果然是你啊，进来吧，记得关门。"

但如果听出是我，它则是用奔的。

两只小爪搭在我的肚子上，眼巴巴地看着我，尾巴玩儿命地晃，虽然那时我还小，但每次还是会很感动。

因为，在小小的世界里，竟然有一刻，我是那么地被需要。

我和猫仔的感情，用妈妈的话讲就是"只差搂着睡"的地步，这一点，我相信猫仔本人，不对，本狗也是毫无异议的。

可我怎么也忘不了那个早上。

妈妈要送我去幼儿园，刚到门口，猫仔就扑了过来，一跃钻进了我的怀里。

这时，妈妈已经下了半层楼梯，叫我抓紧时间。因为送完我她还要赶着上班。

可猫仔并没有作罢的意思，我本想撒手放猫仔下去，可也没想到，情急之下竟然下意识地把猫仔抛了出去。

而猫仔重重地摔在地上，大叫了一声。

等它再起来，前爪则开始一抬一抬地往回缩。我看过许多流浪狗都是这样的。

于是，我知道，猫仔瘸了。

妈妈见我还在原地，急得往楼上走。我赶紧关上门，也没敢说猫仔的情况。

那天，幼儿园组织了到铁路附近的一个大公园里春游的活动。小伙伴们排着两队，整齐地向公园进发，一路上“小鸟在前面带路，风儿吹向我们，我们像春天一样，来到花园里，来到草地上……”

而我沉默不语，心里除了猫仔还是猫仔。

我思来想去，越想越难过，委屈的眼泪终于忍不住了，一滴接着一滴地落下。

其实，我是替猫仔委屈。

在排头指挥的老师接到同学的报告，赶紧过来问我怎么了，是不是哪个小朋友欺负我了，我摇摇头。

队伍放慢了脚步，老师继续追问。我想了想说："我把猫仔的腿摔折了。"

老师和在场的所有人笑了起来，不知道我在讲些什么，显然也并不想多问。

我有点说不出话，可还是努力地辩解道："猫仔是我养的狗。"

好像没有人听到我这句话。老师也放弃了问询，象征性地摸了摸我的头。

队伍仍旧在前行，时而背古诗，时而唱儿歌。

没有人知道，烈日下，队伍之中，有一颗幼小的心灵正遭受着怎样的自责和难过。

（二）

我还曾养过一只乌龟。

品种说不清，但它的年龄应该比我还长，身形也足有两只手掌那么大。

它到姥姥家也有十几年的光景了。

所以，每次换水需要把它端出来时，我都毕恭毕敬，不敢怠慢。要是谁敢让它四脚朝天，我一定会给他定一个忤逆之罪。

都说乌龟有灵性，这倒不假。

中午，太阳很暖的时候，我喜欢把它放到地板上，只要摸摸它的龟壳，它就会把脑袋伸得很高，用四个爪子把身体撑起来，艰难却又坚定地一步步向我靠近，像个匍匐前进的老战士。

一个孤独的老战士。

家人也觉得它形单影只，就给它配了个身形还不到它一半的小乌龟。我观察了几天，没想到的是，大龟还真有容龟之量，没多久，不但接受了新的成员，而且经常把小乌龟驼在背上，带它晒太阳。

我想，可能这就是它们乌龟世界的地主之谊吧。

我转学到外地后，姥姥家就难得去一次。

所以，每次跟妈妈通话，除了关心家人的一些事情以外，我都会带着问问两只乌龟的近况。

有次妈妈电话里给我讲，大龟要下蛋了。

但毕竟不是野外的环境，大龟出现了难产的情况。

姥爷急中生智，用剪子在大龟的尾巴上剪了两个小口，大龟才勉强把蛋下了出来。我在电话这头跟着紧张的啊，幸好有惊无险。

隔年，我上大学的时候，也是一次在和妈妈的通话里，妈妈吞吞吐吐地告诉了我，几天前，大龟又出现了难产的情况。

可这次特别严重，即便故技重施，也无济于事。

大龟气喘吁吁，憋得一直用爪子划水，和一个正在生产的妈妈没有分别，十分痛苦。

没办法，姥爷只能还是用剪子帮助大龟渡过难关，直到大龟把蛋下出来。可没想到，大龟的肠子却粘连着一并流了出来。

家人急坏了，捧着大龟到宠物医院去看，结果医生说，这种程度的话只有到北京的宠物医院才有办法，但这又怎么来得及呢。医生的话其实可以理解为“不好意思，大家都尽力了”。

继上次大龟难产后，大家就猜到了，可能会有这一天。

我大概知道接下来大龟要面临的事情。所以，难过之余，我其实更关心大龟的善后。

妈妈说，当时家人都觉得，大龟陪伴了我们这么多年，现在它可能无法撑过去了，那就该让它落叶归根。

那天，家人集体来到了江边的公园，把大龟放在浅水里，目送大龟最后一程。

大龟入水之后，算是又有了点精神。听妈妈说大龟曾三度回游，然后就消失不见了，不知它是游到了远处，还是随着江水沉了下去。

这个结局是妈妈为了安慰我而杜撰出来的，还是大龟真的如此的通人性，我无从判断。

但我知道的是，在家人们的目送下，努力下，无论大龟是否做出了让人动容的行为，在死前的片刻，它都应该感受到了那种来自于亲人的关爱。

（三）

因为提到的种种原因，我现在很怕养小动物，也很怕听到朋友或同事家的猫猫狗狗得病或是受伤。

心里的那个坎儿过不去。

但年前我还是在天桥上买了五条小指大小的金鱼。

卖鱼的告诉我这种热带鱼又称不死鱼，适应力极强，即便是在无氧的情况下也不容易死，因此得名。

现在想想，这个说法实在是荒唐，但当时可能也就是因为这个荒唐的名字，我才又鼓起了勇气。

漂亮的玻璃罐，茂盛的绿萝，晾过的生水，我极尽所能地做了各种准备。

最终，还是事与愿违。

如今，我看着玻璃罐中仅剩的一只小鱼，孤独地徘徊于绿萝的根茎之中。想着就在半个月之前，它还有四个兄弟姐妹。

短短数日，就不明原因地相继离世。

看着它们开始侧着身子游，看着它们浮上了水面，我无计可施，好像只能等待着某个时刻的到来。

我想起了猫仔和大龟。

在那些天里，每当有一条小鱼死去，我就会对着它，行佛礼，几度鞠躬。

我无法判断，是否它们背负着什么所谓的前世今生，轮回恩怨。

但至少我愿意合十祈祷，愿意用自己的善意来发愿。

终此一生，“当所有业障被原谅”，或许它们可以到达它们该到达的彼岸。

水波不兴，与这个世界安静地和解。

窗外的星星

我知道，你很害怕孤独。

但终有一件事情会让你愿意一个人独处，它能让你安静，也能让你在安静中热闹非凡。

找到它，也许，这就是值得你一直走下去的路。

（一）

为了完成一个没有什么头绪的穿越剧剧本，我几乎几个晚上都在书桌前，对着顶灯放空发呆。

可我总是这样，一旦过了凌晨，脑子就有点运转不起来。像一台年久失修的缝纫机。

我无计可施，把窗子打开了一条缝，希望晚风吹进屋子，会让自己有点感觉，哪怕只是清醒一点。

但这是个奢求。

电脑里，相关主题的电影正不停地快进快退着，可我根本就看不进去，更何况我的眼睛早就睁不开了。

但又有那么一秒钟，不知道是什么原因，一个念头闪进了我的脑海里。

如果，我是说如果，有机会遇见小时候的自己，那么，我会为他做点什么或说点什么呢？我顺着这个念头，好像受到了某种情绪的感召，一头扎进了回忆的海洋里。

眼前的剧本放到了一边，暂且不理，我放任自己延伸着思绪。

如此地想着想着，写下了这样一则童话。

（二）

小城的晚上，总是那么安静，静得好像什么都没有发生过。夜空里的点点星光随着微风，飞进了安可的窗子，而此时，安可熊抱着一个棉绒的枕头睡得正稳。

安可抱着的枕头是棉绒的，他觉得这种柔软可以让他整夜好眠。而耳朵下面，则是一个荞麦枕头，枕上去结结实实，可以闻到一种麦壳的谷香，充满了踏实的安全感。

那种味道，像极了妈妈的“晚安”。

风沿着窗边的缝隙，吹了进来，将淡蓝色的纱质窗帘拂得轻摆，安可被一丝凉意叫醒，他擦了擦眼睛才发现，原来窗子没有关紧。

安可刚走到窗边，迷迷糊糊中却听见了奇怪的“嘟嘟”声，那声音来自厨房，安可又仔细地听了听，“嘟嘟”的声音还在，而且越发明显。

还好，星光把整个房间铺陈得光亮，所以，安可也并不害怕，带着好奇走进了厨房。

眼前的场景吓了安可一跳，水池里一条小咸鱼在仅有的一点水里侧身扑腾着，嘴里“嘟嘟”地吐着泡。

小咸鱼看见了安可，小声说道：

“快，帮我把池子里的水弄干。”

安可：“你是谁啊?”

小咸鱼：“你帮我，我才告诉你。”

安可放掉了池子里的水，充满好奇地看着小咸鱼。

小咸鱼懒懒地讲：

“我是小咸。”

安可：“小咸？我知道，就是昨天我在市场买的那条小咸鱼呗。”

小咸鱼：“嗯哼。”

安可：“我叫安可。”

小咸鱼：“我知道啊。”

安可：“你怎么知道？”

小咸鱼：“猜的，你好像刚才在做梦，这个名字叫得很大声。”

安可：“好吧，对了，你是鱼啊，怕什么水呢？”

小咸鱼：“我不喜欢水，因为我总是躺着。因为我总是躺着，所以，有水就会呛到。因为水呛到，我刚才……嘟嘟……”

小咸鱼睁大眼睛，却发现安可已经走了。安可觉得小咸很有趣，但他很困，而小咸的话又太多，他没听完就回到了床上。

天微亮，安可想起了晚上的梦，急急忙忙地跑到厨房，却发现，原来昨晚的一切不是梦。小咸躺在水池里，若不是亲眼见到，他真的不会相信，咸鱼睡觉还会闭着眼睛。还吧嗒吧嗒的，好像在说梦话。

不知是安可觉得自己得到了宝贝，还是被小咸的睡姿萌到，安可嘿嘿地笑出了声。

小咸惊醒，被吓得纵身一跃，然后赶紧又躺回原位。

安可：“哈哈，你又不是比目鱼，为什么一直躺着。”

小咸：“我喜欢躺着啊，小时候就喜欢。”

安可：“好吧。”

安可没有在意这件事，和小咸又聊了一会儿，感情一下子增进了不少。

晚上，安可捧着小咸来到了卧室，然后抽出床底下的滑柜，将小咸放在里面，这就是安可对小咸许诺的好地方。

安可回到床上，抱起了一个棉绒枕。一旁的小咸看见安可的动作。

小咸："安，你习惯这样睡?"

安可："嗯，我喜欢这样躺着，小时候就喜欢。"

小咸撇了撇嘴，觉得安可和它"咸味相投"。

安可："唉？你叫我安?"

小咸："不喜欢?"

安可："没，第一次有人这么叫我，还挺亲切啊。"

安可和小咸聊得很开心，安可敞开心扉，聊到了大学，聊到了小时候，也聊了几句未来的事情，他们对当下的一切很满足。

夜空中，美丽的星光如约而至，落在安可的脸上，也落在了小咸的脸上，他们没有继续聊，只是呆呆地看着天花板。

他们默契地以为，光亮是从屋顶漫进来的，而不是窗外。

白天，安可将小咸放在水池里，自己去上一份无聊的班。晚上，安可便和小咸倾诉着一天的乏味生活，然后再一同享受着温暖而漫长的星光，彼此安慰。

于是，便有了一个又一个如斯的夜晚。

安可和小咸变得无话不谈，天知道他们有多亲昵。安可迫不及待地想把小咸介绍给所有人，但他并不喜欢和别人交往，所以，他不知该把小咸的事告诉谁。于是，便打电话邀请了住在城市另一边的爸爸妈妈。

周末，安爸爸、安妈妈像以往的每一个周末一样，到安可家来小聚。自从安可大学毕业后，他们就约定好了，每个周末的晚餐都会和安可一起吃。

对于安可兴高采烈地描述的整件事情，安爸爸、安妈妈都没有很在意，他们觉得安可是个喜欢做梦和讲故事的男孩儿，好像永远都长不大。

他们清楚地记得，安可小时候常说自己的玩具熊会说话，直到现在安可也并不承认这是个谎言。但这一次安可没有撒谎，他在水池旁叫了几十声小咸。

水池里的小咸就是一动不动，他觉得除了安可，谁都不可靠，在安妈妈面前，任安可如何呼唤，它都默不作声。

安妈妈不想伤害安可，却又受够了安可的这种把戏。她一度认为这可能是安可存在心理问题的投射。安妈妈决定做一顿丰盛的晚餐，然后让安爸爸好好和安可聊一聊。

安妈妈打开了水池的龙头，想泡一泡小咸鱼，可以做成一道菜。水池的水转眼没过了小咸的身子，安妈妈这才拧紧龙头，准备再去市场买一些食材。

因为妈妈的不信任和小咸的不仗义而怄气在沙发上睡着的安可，半梦半醒之间，又听到了“嘟嘟”的声音，他好像想到了什么，飞快地跑进厨房。

小咸躺在水里，“嘟嘟”地吐着泡泡，眼睛一眨一眨的，就像一条溺水的小鱼，虽然，这有点奇怪。

小咸想叫安可救它，但一张嘴，就喝了一大口水。

安可有点手足无措，他伸手进去，想先把小咸拿出去，却手一滑把小咸翻了过来，小咸紧张地在水中跃了又跃，尾巴也局促地乱拍，它很害怕。

然而，安可却停了下来，再也没有插手，因为他分明看见，小咸游动了起来。

小咸从水中探出了头。晃动了几下身子，发现自己没事后才努力地试着说话：

“安，我是在游吗？”

安可有些激动。

安可：“是啊，你在游，游得很美。”

小咸：“我以前想都没有想过，我会像一条鱼一样在河里游。”

安可：“但，这不是河。”

小咸有些失望。

小咸："哦。"

小咸把头埋进水里，然后吐了个泡。

安可："没关系，我知道哪里有河。"

说着，安可把小咸放在小铁瓢里，然后抱着跑了出去。

一路上，安可和小咸聊了很多，小咸看见了它从未看见过的景色，和所有的所有。

他们来到了小河旁，安可把小咸轻轻地放在了小河里，小咸开始有点害怕，然后一点一点地游动了起来，它感到从未有过的畅快。

安可和小咸玩得很开心，直到天渐渐地黑了，星星从天空里钻了出来，落在安可的头上，也落在了小河里。

这一次的星星更美，因为那是一片从未见过的星空。

小咸看着天际，对安可说：

"安，你说远处的星光会不会更加美？"

安可："是吧，虽然我没去过。"

小咸："也许我该游到那里去看一看。"

安可想都没想地说：

"当然。"

话音刚落，安可的眼睛就湿润了，他感觉到分手的时刻悄然而至。

小咸钻到水里，含起一颗小的鹅卵石，然后伸出了头。

安可拿起鹅卵石，趴在地上，让自己离小咸更近。

小咸在安可的耳朵旁，轻声低语。

后来，他们就没有再说什么，只是静静地待了一会儿。

小咸扭了扭身子，缓慢地向前游动，安可招着手，攥着小鹅卵石，他知道他不该说什么来挽留小咸。

一切静了下来，只有星空还是那么绚烂和美好。

一路的奔跑，风干了安可的泪水。

安可回到家，安妈妈和安爸爸并没有多问，一桌温暖的餐饭加热如初。

安可："妈，爸，你们觉得晚上的星星好看吗？"

安妈妈："好看，很好看。"

安爸爸："你不是小时候就很喜欢房间被星光照得通亮吗？"

安可："那窗外的星星呢？"

屋子里突然变得安静了起来，柔和的灯光照在安爸爸和安妈妈的眼睛里，安可可以感觉到那种熟悉的伤感。

时钟嘀嗒嘀嗒地走，努力地让一切变得安然无恙。

当星光再次来到安可的房间时，安可没有熟睡，而是站在落地窗前，看着窗外。

安可好像想起了什么，掏一掏兜，从里边拿出了一块小鹅卵石。

他把小鹅卵石摊在手中，星光下，鹅卵石显得格外好看。

安可想起了小咸刚在他耳旁说的话。

小咸：“我终于看见了窗外的星星，好美，好美，如果你想念我了，就去找那颗星星，我会在那里一直等着你。”

（三）

叫作安可的男孩可能是我，也可能不是。

故事写到这里，我心里有种说不出的感受。不知是难过还是快乐。

手机上的时钟显示，已经过了凌晨两点钟。我看向窗外，几朵云飘在夜空中。

连日的雾霾消散，一个晴朗的清晨即将到来。

我在卫生间里，用清水洗着脸，试图让自己可以更舒服一些。只是刚刚笔中的画面还停留在脑海里，挥之不去。

我把脸擦干，望了望墙上的镜子。

看到了疲惫但却心满意足的自己，就好像看到了星空下的小咸。